ベリーズ文庫

婚約恋愛

～次期社長の独占ジェラシー～

若菜モモ

STARTS
スターツ出版株式会社

目次

プロローグ

「お母さん、どうしても着物を着なきゃダメ？　お見合いなんてワンピースでいいでしょう？」

お見合いに着物……そう聞くと普通は振袖を想像するけれど、この真夏に着たら熱中症になって具合が悪くなることは間違いない。いくら冷房が効いているホテルのレストランだとしても。

今、自宅の和室で着つけられているのは、夏でも涼しい紗の着物。縦糸と横糸の密度が粗く、透ける生地でできている。

「おばあちゃんが大事に取っておいたお着物よ。こんな機会でしか、なかなか着ないでしょう？　葉月には丈が短過ぎるし、あなたがちょうどいいの」

二十六歳で双子の妹の葉月は、わたし、檜垣花菜より身長が十センチも高い。

おばあちゃんは五年前、おじいちゃんは七年前に病気で亡くなっている。

「だからって……」

「ほら、後ろ向いて」

クルッと向きを変えられると、等身大の鏡に、薄桃色で無地の着物姿のわたしがいた。お母さんは力を込めて帯を締めている。帯は京都西陣(にしじん)のクリーム色。

「全体的にシンプルだけどね、帯締めと帯留めを濃い黄色にすれば華やかになるわ」

後ろで帯の形を作りながらお母さんが話している。

「相手の方が着物好きなの？」

わたしの髪は葉月が結ってくれて、ふんわりとアップにされている。彼女はそれから仕事だと、ニヤニヤしながら出かけていった。なにか企(たくら)んでいるような、いたずらっ子の笑みだった。

「お見合いといったら、お着物じゃない？　記念の日なんだから、もうあーだこーだ言うのはやめなさい」


一週間前のプールパーティーから帰った土曜日、リビングにいたお母さんに『お見合いを設定して！』と言ったのはわたし。お母さんは鳩が豆鉄砲を食らったみたいな顔になっていたけれど、落ち着いたあとは『ようやく結婚する気になったのね』と目じりを下げた。

街の不動産屋として人脈の広い両親は、先週の二曜日から三日後、お見合いの相手が決まった、と会社から帰宅したわたしに告げた。お見合いは今週の土曜日。めちゃくちゃハイスピードなお見合いだ。

『写真見る？』

お母さんはなんだか嬉しそうにニヤニヤしている。隣にいるお父さんもそう。

『ううん……』

わたしは肉じゃがを口に運びながら、首を横に振った。写真を見てがっかりしたり、お見合いする気持ちがそがれたりしたら……と思い、拒否していた。

だからわたしは相手のプロフィールも顔も知らない。無謀だと思ったけれど、そんな出会いも運命かも、って。

そして両親と共にやってきたのは、一週間前に傷心したわたしが逃げるようにあとにしたあのホテルだった。

なんか幸先悪そう……。

そんなことを思いながらホテルを抜けて、日本庭園の一角にある有名料亭の隠れ家のような建物に到着した。

このお見合い、ずいぶん奮発したようだ。わたしは大手化粧品会社、パルフェ・

ミューズ・ジャパンの広報室に勤めており、以前、会食の場所を調べていたときにこの情報を見たことがある。コース料理はひとり三万円前後のお値段で、あまりの高さにギョッとしてしまったのを記憶している。

年配の上品な仲居さんに案内されて、五部屋の個室があるうちのひと部屋へ案内された。

「お連れさまはいらしております」とのこと。

その言葉にわたしの緊張感が増した。顔が引きつっているかもしれない。両手で頬をほぐすように動かす。初のお見合いを設定して、わたしのように緊張しているのではないかと思っていた両親は、予想に反し楽しそうに個室の中へ入っていく。わたしは若干しり込みしながら俯き、震える足で続いた。

次の瞬間、相手から素っ頓狂な声が聞こえ、わたしはハッと顔を上げた。

目の前に、わたしたちを出迎えるために立ち上がったご両親と、京平（きょうへい）がいた。

「な、なんで京平がここにいるのっ!?」

これはなにかの間違い。京平がお見合い相手だなんてあり得ない。

もう京平のことは忘れて、幸せな道を見つける。そう思っていたのに……。

第一章　女はデリケートな生き物

お見合いの日から約一週間前の金曜日――。終業時間後、まだ残業している同僚の村田知世の隣で、わたしは帰り支度をしていた。

「金曜日のデート、いいな～。明日のことを気にしないで会えるって幸せよね～。お泊まりもできるし」

デスクの一番下の引き出しから白いレザーバッグを出したわたしを、知世が冷やかす。彼女は笑いながら、椅子の背もたれにぐぐっと体重をかけて伸びをしている。

「付き合ってもうすぐ一年でしょ？　そろそろ結婚の話も出てくるんじゃない？」

ホテルマンと半年前に出会い、付き合っていた知世だが、一ヵ月前に別れたばかり。

「そんな話、まったくないよ」

それどころか、まだわたしたちは深い仲にもなっていない。

「花菜は仕事もできるけれど、良妻賢母って感じだからね～。早く結婚したほうが幸せになれそう」

「良妻賢母って……結婚なんて、まだまだだからね。じゃ、お先にっ！」

見えない未来の話をするのは好きじゃない。わたしは曖昧に笑って、十三階の広報室を出た。

上からやってきたエレベーターに乗り込むと、幼なじみである高宮京平がいた。退勤時間なのに、一分の隙もないパリッとした明るめのグレーのスーツ姿。そのスーツは上質な高級品だとひと目でわかる。

京平はわたしが勤める大手化粧品会社、パルフェ・ミューズ・ジャパンの専務取締役。父親は社長で、彼はいわゆる御曹司。

都内の難関国立大学を卒業後、ＭＢＡを取得するため、京平は二年間日本を離れていた。わが社の跡継ぎだから、彼にかかる重圧はかなりのものだろう。

そして帰国後、会社の中枢であるブランドプロモーション部を経て、今年四月、専務取締役になった。

百八十センチを超えるスラリとした長身に、精悍な顔つき。運動神経は抜群で、幼い頃からテニスを習い、高校まで全国大会出場の常連だった。優勝したこともある。

わたしより誕生日が半年ほど早い、二十七歳の同い年。来年の一月に二十七歳になるわたしとはほんの少しの差なのに、いつも上から目線の男。

「お疲れ」

エレベーターに乗っていたのは京平だけ。腕を組んでいた彼は、わたしを見て口元に笑みを浮かべた。

「お疲れさまです」

いつものように素敵な京平に、わたしは堅苦しく頭をペコッと下げる。

「お前、なに他人行儀になってるんだよ」

「た、他人行儀って。専務取締役が相手ですから」

最近のわたしは、京平と昔みたいにじゃれ合うような会話ができなくなっていた。もちろん会社では立場が違うせいでもある。

わたしの言葉に京平はつまらなさそうに、フンと鼻を鳴らす。

彼はわたしのお気に入りのレモンイエローのAラインワンピース姿を、上から下まで切れ長の目で眺める。

「おしゃれして、デートか？」

「そんなにおしゃれなんてしてないよ。京平こそ、もう退勤？　早いね。デートなんじゃないの？」

彼に四ヵ月前から恋人がいるのは知っている。それを教えてくれたのは、第一営業部にいる京平の弟、遼平（りょうへい）。

可愛い系のイケメンの遼平は、高校、大学とメンズ雑誌のモデルをしていた。去年わが社に入社し、営業部に配属されている。愛嬌のある彼は、会社のアイドル的存在にもなっている。兄の京平には手が届かないと思っている女性社員は、気さくに誰とでも話す遼平のほうを恋人にしたいと思っているよう。

わたしにとって遼平は弟みたいなもので、彼も姉のように思ってくれているはず。SNSで頻繁にやり取りしている遼平は、わたしの情報源だった。

京平と彼女が一緒にいるところを想像すると、胸が痛くなる。でもわたしにも彼はいる。京平に彼女ができるたび、わたしはショックを乗り越えてきた。

そう……わたしは京平にずっと恋していた。

「この近くに美味しいダイニングバーができたらしい」

「そうなんだ……」

わが社は銀座に本社をかまえている。ということは銀座界隈でデートなのね。

「デートじゃないけどな。花菜は？　どこでデート？」

京平からそう聞いて、内心ホッとしているわたし。わたしはデートなのに……。

「渋谷」

「渋谷か、ずいぶん行ってない。若いな」

少しバカにしたような京平の言い方にムッとする。

そこでエレベーターは一階に到着した。


わたしは一年間付き合っている同い年の古賀修一と、渋谷駅から徒歩十分くらいのところにある居酒屋にいた。修一は高校の同級生。一年前の同窓会で会い、食事に誘われてから、『高校のとき、好きだった』と言われて付き合い始めた。

今日は駅で待ち合わせしたときから彼の表情が硬かった。その理由は一時間くらい食べたり飲んだりしてからわかった。

「花菜、俺ずっと思っていたんだけどさ、お前の心には他の男が住み着いているだろ。俺はその男と比較されたくないんだ。別れよう」

修一は口元をアンバランスに歪ませて自虐的に笑う。

「突然どうしたの？　心変わりしたの？　わたしのせい？　他の男と比較されたくないって、意味がわからないよ」

居酒屋の片隅。目の前に座る修一の言葉に腹が立った。

「俺の言ってる意味がわからない？　俺はお前の口から頻繁に出てくる京平ってやつとは、出来が違うんだ。育ちも違うし、学歴だってな。やつは国立大卒、俺は誰でも入れる私立大卒。やつは大手化粧品会社の御曹司で専務取締役、俺は中小の流通業の営業。比較にならないほどで、笑っちゃうね」

修一は中ジョッキに半分くらい入ったビールを、一気に呷るように飲み干す。

「そんなふうに比較するなんておかしいよ」

そう言いながらも、修一が京平のことをこんなにスラスラ語れるほど、わたしは彼の話をしていたのかと愕然とする。

「なら、一年も経つのにキス止まりの言い訳は？　身体を許さないのはそいつが好きだからだろ？」

「……ま、まだ早いって思ったから……」

「じゃあ、今日いいよな？　お前が俺に抱かれるんなら、今の話はなかったことにしよう」

彼はテーブルの横を通った店員に手を上げて、ビールのお代わりをオーダーする。

修一とは、もしかしたら結婚もあるかもと考えていた。

彼と寝れば、別れないでいいの……？

「修一……」

「いいんだな？　ここを出たらホテルへ行くからな？」

修一はビールをすでに五杯飲んでいて、いつもより顔が赤い。

彼が言うような、幼なじみの京平との恋はあり得ない。京平はわたしをなんとも思っていないから。関係を壊したくなくて、告白したことはないけれど。

わたしは京平のことを考えずに、修一のことだけを考えるべき。そう思ったら、コクッと頷いていた。

二十六歳にもなって、わたしはまだバージンだ。これまでに数人と付き合ったけれど、キスまでしか許せなかった。それは隣に住む高宮京平に、小学生の頃から恋心を抱いていたから。

頭を左右に振って京平のことを頭から追い出し、目の前の修一に視線を向ける。

修一がそんなふうに思っていたなんて……今日、これから彼とホテル……花菜、できるの……？

今、そんな勇気は出ない。

修一は店員が持ってきたキンキンに冷えているビールを、美味しそうに喉に通している。

酔っぱらったら、修一とできる……？

わたしは手元の、ほとんど飲んでいないカシスオレンジを一気に飲んだ。そんなわたしを、修一はなにを考えているのかわからない茶色い瞳で見ていた。

冷房の効いた居酒屋から出た途端、汗が噴き出してくる。七月の第五週の金曜日。渋谷の繁華街は、若者でごった返すといった表現が合っている。会社で京平が『若いな』と嫌味を言ったのも頷ける。

手を繋がないと、はぐれてしまいそうなほどで、夜の二十一時を回ったところだというのに人が多い。渋谷では、二十一時はまだこれからといった時間なのだろう。

修一はわたしの手をしっかり握って歩いている。その手が外れ、はぐれてしまってもかまわないと、半歩先を歩く修一のワイシャツの背中を見ながら思っていた。

どうしよう……わたし、お酒に弱いはずなのに、カシスオレンジ三杯でも酔えなかった。修一と繋ぐ手に汗が……。

そうこうしているうちに人混みはなくなり、いつの間にかラブホテル街に入っていた。ここを歩いているのは数組のカップル。

わたしがしり込みしているのがわかったのか、修一はおもむろに肩を組んできた。

「花菜、あそこのホテルにしようか。清潔そうだ」

彼は五メートルほど先にある、外壁が白いラブホテルを顎で示す。

「う、うん……」

ここまで来たら覚悟を決めなきゃ……えっ？　覚悟……？　愛し合っていたら当たり前の行為なのに、わたしは覚悟をしなければならないの？

目的のラブホテルの前に立ち、ガラスの自動ドアが開く。初めてラブホテルに足を踏み入れたわたしは、ビジネスホテルのようなシンプルな雰囲気になんだか安堵した。

「どの部屋にしようか……って言っても、二部屋しか空いてないか」

修一は振り返って、わたしに聞くわけでもなくひとりごとのように言った。二十室あるパネルの中、電気が点いているのはわずか二室だった。

「どこでも一緒だな。こっちでいいか、もう遅いし。明日は休みだろ。宿泊でもいいよな？」

わたしが返事をする前に、部屋の写真の下にあるボタンを押した。パネルは暗くなり、部屋番号が書かれた鍵が出てきた。

宿泊……？　そんな……。

彼は困惑するわたしの手を握ると、奥へと進む。これから初体験なのに、わたしの心臓は高鳴っていない。

ううん。別の意味で心臓が暴れている。不安ばかりが増す中、エレベーターに乗り込んだ。

三階のボタンを押した修一は、性急にキスしてきた。優しいキスとは思えない。すぐに舌を入れて強く吸う。わたしは困惑してされるがままだ。

わたしたちを乗せたエレベーターはすぐ三階に到着して、ドアが開く。そこで修一はキスをやめて、わたしの肘を掴むと目的の部屋に足を進める。その部屋の鍵を開けて、わたしたちは室内へ。

初めて入ったラブホテルの内装に、身体が硬直した。出入口はシンプルなインテリアだったのに、奥には丸いベッドがあり、天井と壁が鏡張りだった。わたしは、ありえない……と小さく首を横に振る。

そんな……これじゃ、あの最中も丸見えってこと？

茫然と突っ立っていると、ガバッと修一の腕が回ってきて抱きしめられる。

「ようやく花菜とセックスできる」

え？　な、なんなの？　ムードのない言い方……。

彼の言葉に戸惑っていると、顎を持ち上げられ、乱暴に唇を重ねられた。

「んっ……」

キスをしながら、お気に入りのワンピースの背中のファスナーを下げられる。

「しゅ、修一、ちょっと……んんっ、ま、待って……」

　修一のキスから逃れ、肩からずり落ちそうになるワンピースを両手で押さえると、彼は気に食わない顔になった。

「なんだよ。ムードねえな」

　修一はこれ見よがしに大きなため息を漏らす。それがわたしの癪に障った。

「ム、ムードがないって、それはそっちでしょう⁉」

　ワンピースのファスナーを後ろ手で上げながら、眉を寄せて彼を見る。

「俺のどこが、ムードがないって言うんだよ」

「ようやくわたしとセックスできるって言ったんだよ？　セックス……って。別の言い方できないの？　修一はわたしの身体目当てなの？」

「ったく、うるせえな。今までの元を取ろうとしただけだろ」

　修一のムッとした顔は初めて見るものだった。わたしは怖くなって、ジリッと一歩後ずさる。

「……今までの元って、どういうこと？」

　もしかしたら、デート代のことを言っているの？　すべてのデート代を修一に払わせていたわけじゃない。わたしが払うときもあった。割り勘だって……。

今、修一の本性が見えた気がした。

言い過ぎたと悟ったのか、修一は急に口角を上げて笑みを浮かべた。

「ごめん、そういう意味じゃないんだ。早く花菜を抱きたくて……性急過ぎたよ」

そんなことを言われても、もう遅い。修一への気持ちはシャボン玉がはじけるようにパンッと消えていた。

目頭が熱くなって、泣くまいと必死に堪えながら、絨毯の床に落としていたバッグを拾い上げる。それから財布を出して、中から紙幣を全部抜いた。

「花菜？」

「もう二度と会わないからっ！」

プルプル震える手で、持っている数枚の紙幣を修一に投げつけた。

といっても、彼の顔には届かず、紙幣はひらひらと絨毯に舞い落ちる。

呆気に取られている修一をその場に残し、わたしは下品な部屋を飛び出した。

逃げるようにして出てきたラブホテルのある渋谷から、成城学園前で電車を降りて、徒歩で十分かけて帰ってきた。

世田谷区成城……今ではセレブが住む街と言われているけど、おじいちゃんがここに住み始めたとき、まわりは畑や田んぼばかりだったそう。しだいに大きな家が建ち始め、わが家も二十年前に建て替えをしたが、まわりに比べると豪邸には見えない。ちなみにお父さんは個人経営の不動産屋。従業員数は十五人。経営はうまくいっているみたい。

　豪邸ばかりのこの地区で、うちと比較にならないくらいのお金持ちは隣の高宮家。京平の家だ。敷地は六百坪。広い庭に豪奢(ごうしゃ)な白亜の家。家族ひとりずつの高級車があるという、お金持ち。

　お隣さんということもあって檜垣家と高宮家は親しい。特に母親同士は、よくお茶やショッピングに出かけている。

「……ただいま」

　自宅の玄関に入った途端、力が尽きた感じで壁に手をつきながら、パンプスをのろのろと脱ぐ。

「あ、花菜、おかえり～」

　ちょうどリビングから出てきた葉月が出迎えてくれる。アッシュブラウンに染めたベリーショートの髪をタオルで包んでいることから、お風呂上がりのよう。スリムなボディにキャミソールとお揃(そろ)いのショートパンツを着ており、長い脚が露出している。

身長が百七十センチある羨ましいほどのスレンダーボディで、肉感的な要素は見当たらず、少年のようだ。

彼女の職業はモデル。二卵性双生児の葉月の肉はわたしについてしまったみたい。わたしは彼女より十センチ低く、スレンダーボディとは縁遠い標準体型だ。顔も葉月は綺麗系、わたしは可愛い系とよく言われ、いつも双子には見られないくらい似ていない。

「あれ、デートだったんでしょう？　彼と喧嘩した？　目が赤いよ？」

パンプスを脱いで玄関を上がったわたしを、首を傾げて葉月がじっと見る。

妹にはなんでも話してきたほど仲がいい。彼女はすぐに、わたしになにかあったと悟ったらしい。

「葉月ぃ～」

わたしは泣きそうになりながら、葉月に抱きついた。

二階のわたしの部屋についてきた葉月はベッドの上に座っている。長い脚で胡坐をかいて。

わたしの話を聞いた葉月は、怒りを露わにする。

「なにそれっ、最低な男ね！　花菜ったら、お金置いてくる必要なかったのにっ。それに花菜を心から愛していれば、セックスなんて言葉は言わないわよ！」

葉月の文句は延々と続く。頭に巻いたタオルをうっとうしそうに外して、怒りに任せてブンブン振り回している。

「わたしって、男を見る目がないみたい……」

思い出すと悔しくなって、ようやく止まった涙が再び出そうになる。電車の中でも我慢しきれなくて、少しグズッとさせてしまったけれど。

「そんな男のために泣く必要なんかないって！」

葉月は身を乗り出して、ベッドサイドのテーブルに置かれたティッシュをボックスごと長い腕でわたしに押しつける。

「だけど……」

言葉を切って、クスッと笑う。

「な、なんで笑うのよ」

「花菜、まだバージンなんだ？　わたしたちはなんでも話す仲だけれど、さすがにそういうことは内緒だったでしょ」

ということは……葉月は経験済み？

驚いたけれど、二十六歳にもなってロストバージンしていないほうが驚くか……。

しかも葉月のように異性にモテるタイプなら。それでも、気になるから確かめないと。

「葉月は、もちろん……？」

上目遣いで窺（うかが）うように彼女を見ると……。

「当たり前じゃない。だいぶ前にね。何歳かは言わないわよ」

葉月はしれっと答えた。フフッと笑う妹に、わたしは言葉を失う。

「なに驚いた顔してんの？　その年でバージンは天然記念物ものよ？」

自分が人より遅いとは認識しているけれど……置いてきぼりを食ったみたいにショックだった。

「でもさ、京平のことを無意識に彼氏……もとい！　元彼に話していたとはね」

はぁ～っと、葉月は大きなため息を漏らす。

「ね、京平に告白したら？　ずっと好きなんでしょ？」

ベッドの下に膝を抱えて座っているわたしに、身を乗り出してにっこり笑う。

「な、な、なに言ってるのっ!?　京平には彼女がいるし、告白なんかして今の友達関係を崩したくないんだから」

「まーったく、花菜は奥手なんだから。もっとずっと早く告白していたら、今頃京平と結婚していたかもよ？」

「なんでそこに飛躍するの？　ね、いい？　お母さんに余計なことは絶対に言わないでよ」

大胆不敵な葉月は、ときどき突拍子もないことをする。

「もちろん花菜が京平をずっと好きなことは黙っているけれど、彼と別れたとは言う

からね。お母さん、がっかりするだろうな～。早く花菜を結婚させて孫が見たいって

言っていたから。まだそんな年でもないのにね」

お母さんの願いを思い出したのか、葉月はフフッと笑う。

「葉月には桐谷（きりたに）さんがいるじゃない。結婚したらいいんじゃないの？」

桐谷さんは三十二歳の新進気鋭のカメラマン。葉月とは二ヵ月前に仕事で知り合っ

て、付き合い始めたそうだ。ふたりで写っている写真を見たことがあるけれど、口ひ

げと顎ひげはわたしの好みじゃない。

「えー、わたしはまだまだ結婚なんてしないわよ。野望を叶（かな）えないと」

「野望？」

わたしは首を傾げて葉月を見る。

「花菜のところの専属モデルになること！　それも、実力でね」

パルフェ・ミューズ・ジャパンのイメージモデルが目標なんだ。

高宮のおじさま……社長に口利きをしてもらうのも可能だろう。でも現場の意見を無視はできないから、最終的に決めるのはブランドプロモーション部や一部の重役たちと言える。その中に京平も入っている。

「今は同じ事務所の沙織先輩が専属だけど、今にわたしが、って気持ちなの」

「葉月ならなれるよ。シーズンを通してずっと同じモデルや女優が務めているわけじゃないし」

「あ、そうだ！　明日プールパーティーがホテルであるんだけど、花菜も行かない？」

部屋へ戻ろうとした葉月は、思い出したようにドア付近で立ち止まって振り返る。

「プールパーティー？　それって水着？」

ナイスバディのモデルばかりのパーティーかもしれない。行く気はないけど、聞いていた。

「そうよ。アウトドアで有名なアパレルのスポンサーが水着を提供してくれるの。身につけた水着はもらえるし、パルフェ・ミューズ・ジャパンもスポンサーなのよ。新作のウォータープルーフのマスカラの宣伝だったかな」

「そうなんだ……でも、水着になるのは恥ずかしいし……」

葉月はなんでも着こなすボディだけど……と、わたしが悩んでいると――。

「京平も来るらしいよ？」

「えっ？」

京平の名前に、顔を上げて葉月を見る。

そうか……専務取締役だけど、ブランドプロモーション部の責任者も兼ねている京平が行かないわけない。モデルたちをチェックする目的もあるのだろう。

「乗り気になった？」

ドアのところで話していた葉月は、わたしのそばにやってきて顔を近づける。

「で、でも、水着が……」

「か〜な〜、夏だよ？　プールに行って水着にならないでどうするの？　花菜のようなスタイルこそ水着が似合うのよ。わたしなんて、まな板って言われちゃうんだから」

スレンダーな葉月はAカップの胸が悩みどころで、反対にEカップのわたしは目立ち過ぎる胸に悩んでいる。

「花菜の水着姿はグラビアアイドルみたいに可愛いわよ。わたしが保証する！」

わたしが自分に自信がなくなったとき、葉月はいつも褒め殺し作戦で気分を上げてくれる。そんな葉月にのせられて、わたしは行くと答えていた。

その夜も、翌日も、修一から連絡はなかった。

連絡があってても無視をするつもりだったけれど。もう二度と彼とは会わない。

「花菜、用意はできた？」

ドレッサーの前で、肩甲骨まであるふんわりした茶色の髪をどうしようかと考えていると、プールパーティーの支度を終えた葉月が顔を覗かせた。

黒のチューブトップで、膝上二十センチのワンピースを着ている葉月の脚が、余計に長く見える。

「まだ……髪をどうしようって」

鏡の中で彼女と目が合って、首を左右に振る。

「髪は向こうにヘアメイクさんがいるから大丈夫！　ほら、着替えて！」

葉月はベッドの上に出していた二着のワンピースのうち、白いマキシスタイルのものを手に取ってわたしに押しつける。

「これがいいわ。花菜は清楚系が似合うよ」

急いで着替えたわたしを、ドレッサーの大きな鏡の前に立たせて隣に並ぶ。

「わたしたちって真逆だね。わたしが悪魔で、花菜は天使」

らしてわたしたちはセンスがまったく違う双子だった。

「さて、いざプールパーティーへ参ろう！」

「天使って……」


葉月の運転する車で、千代田区にある高級ホテルに十七時過ぎに着いた。『お酒を飲むだろうから電車で行こう』と言ったら、『ホテルの部屋も取ってくれているから泊まればいいよ』と葉月が答え、車で行くことになったのだ。

わたしたちは、葉月の女性マネージャーの山本さんにロビーで出迎えられた。

「花菜さん、お久しぶりです。今日は楽しんでくださいね」

「山本さん、こんばんは。ずうずうしく来てしまってすみません……」

恐縮しながら挨拶をしていると、突然葉月が背後から誰かに抱きしめられた。

わたしはギョッとして振り返る。熊のような印象の男性が、葉月の頬に覆い被さるようにしてキスをしていた。

「キリ～、びっくりするじゃない」

「驚かそうと思ってやったんだ。あ、君が花菜さん？」

「は、はい……」

「俺、桐谷です。よろしく！　いやー、花菜さんは葉月と違う雰囲気で可愛いな〜。どう？　モデルにならない？」

そう言われて、驚いたわたしの目が真ん丸くなる。森の熊さんって印象の桐谷さんは大柄な体躯だけど、フットワークというか、職業柄なのか、軽そうに見えた。

「ちょっと、花菜に悪い虫がつくと困るの！　それに彼女はパルフェ・ミューズ・ジャパンの広報室で働いているんだからね！」

葉月は笑いながら、桐谷さんに軽く肘鉄を食らわせている。じゃれ合うようなふたりが羨ましくなる。

わたしは修一と、こんな感じじゃなかったな……。

「葉月、時間がないわ。早く着替えないと！」

マネージャーの山本さんは腕時計を見て急かす。

「あ、そうだった。花菜、行こう。キリ、またあとでね〜」

葉月は楽しそうな笑顔で桐谷さんに手を振って、わたしに腕を絡ませた。

案内された場所は結婚式などに使われるボールルーム。そこにたくさんのビキニが並べられており、その奥に着替えのためのパーテーションがあった。

部屋の中に入った途端、葉月はモデルたちから話しかけられる。そのたびにわたしを誇らしそうに双子の姉だと紹介する。そういえば、こんなふうなのは初めてだ。

「花菜、この中から気に入った水着を選んで」

葉月は数えきれないくらいのビキニが並べられたブースへわたしを連れていって、選ばせる。そのビキニを見た瞬間、ここへ来たのは間違いだったと思った。

なにこれ。全部のビキニが際どくて、肌を申し訳程度に隠すだけ。

困惑して葉月を見ると、鼻歌を歌いながらどれがいいのか物色中だ。

「あ、これなんか花菜に似合いそう」

葉月は硬直したままのわたしに真っ白なビキニを見せる。その水着は今年流行っているクロッシーバンドゥビキニにショルダー紐がついたもの。ショーツの部分はスッキリした三角形。結んだ紐が解けたら……そう思うと、背筋にぞくっと寒気が走る。

「わたしはこれに決まり！」

困惑しているわたしの耳に、葉月の楽しげな声が聞こえてきた。

ボタニカル柄の茶色のビキニを手にしている。それも際どい。だけど、葉月が着たら素敵だろう。

「花菜はどうする？　その白いのにする？　それとも……これっ？」

葉月は今度は、もっと際どいオレンジ系のビキニをちらつかせる。

「む、無理……」

冷房が効いているのに、額が汗でじっとりしてきているわたしは、大きく首を横に振る。

「じゃあこれに決まりね！　花菜は白が似合うわ」

ふたつのビキニを持ち、葉月は片方の手でわたしの肘を掴んでパーテーションの奥へと進ませる。重い足取りのわたしはグイグイ引っ張られて、数人がビキニを試着したり着替えたりしているスペースへ入った。

「ほら、早く着替えないと。髪は編み込みにしてもらおうよ。きっと可愛いよ」

そう言いながら、葉月は着ていたチューブトップのワンピースをパパッと脱いで、ビキニに着替えている。

ここまで来たら着るしかないか……。

わたしは心を決めて着ていた服を脱ぎ、真っ白なビキニに着替え始めた。

「葉月、なにか上に羽織るものはない……？」

わたしの髪はヘアメイクさんの手によって編み込まれ、アップにされている。

「花菜っ、恥ずかしいと思ったら、ビキニ姿は綺麗に見えないの。似合っているんだから堂々として、わたしが一番美しいって気持ちを持ちなさい」

「はぁ？　わたしが一番美しいって……モデルが二十人以上いるのに、そんなふうに思えるわけないでしょ」

わたしは頭をブンブン左右に振る。

「それはさすがに言い過ぎたけど、恥ずかしがって背中を丸めないでね！　それから、ビキニのコレクションの宣伝も兼ねているから、羽織るものはないの」

葉月はわが社の新作ウォータープルーフマスカラをつけた目でわたしを見る。彼女に塗られたマスカラは鮮やかなグリーン。ビキニと合わせて南国感たっぷりだ。それにまつ毛がさらに長くなって、いい感じでもある。

いやいや、そんなことを思っている場合じゃない。羽織るものがないなんて……。

「花菜、マスカラ効果で、可愛い目がより大きく見えるよ。さすがパルフェ・ミューズ・ジャパン」

そうなんだよね。わたしのまつ毛にもわが社のマスカラが。

ブルーを塗られそうになったけれど、全力で拒否して黒に収まった。

「それにしても花菜のおっぱい、美味しそう。ウエストのくびれが艶めかしいわ」

プールに向かいながら、葉月はおもむろに手を伸ばしてわたしの胸を触る。

「きゃっ！　葉月っ！　なにするのっ」

慌てて彼女の手から身をくねらせて逃れ、両腕で胸を隠す。

「美味しそうな花菜をいただけなかった元彼は、考えてみればかわいそうなやつだったね」

「もう……その話はやめて」

慣れない十センチヒールのサンダルのせいか、歩き方がぎこちない。

ボタニカル柄のビキニが挑発的に葉月のスリムボディを隠しつつも、彼女は高さ十センチヒールのサンダルをものともせずに、本当に堂々としたモデルウォークだ。

葉月、格好いいな〜。男の子のようなショートヘアだけど、そこがまた魅力的だ。同性が憧れるような雰囲気を持っている。

プールサイドの一角にブッフェスタイルでホテルの食事が提供され、ドリンクもお酒からノンアルコールまでたくさんの種類が用意されている。ＤＪブースもあり、音楽がガンガンかかって最初は耳が痛くなったけれど、そのうち気にならないくらいになっていた。マスコミも取材に来ているようだ。若いモデルたちはライトアップされたプールの中へ入り、ビーチボールや浮輪などで遊んでいる。

葉月がプールに姿を見せて早々、桐谷さんが現れて、彼女を連れていってしまった。少し離れたところで撮影をしている。

わたしはというと、ブッフェブースの端の丸テーブルに着き、ノンアルコールのモスコミュールを飲んでいる。グラスの中のミントの葉が涼しげだ。

水着になっているのは女性だけではなく、スタイルのいい男性もいる。彼らも目のやりどころに困るビキニ姿。

京平が来ると聞いて、つい参加してしまったけれど、場違い感が拭えず落ち着かない。そして京平の姿はまだない。

「花菜っ！　そんなところでくすぶってないで、ちょっとおいで！」

近づいてきた葉月に強引に立たされて、高価なカメラを持つ桐谷さんの元へ連れていかれる。

「おーっ。花菜さん、すごいゴージャスだ」

カメラマンの目で見られているのか、異性の目で見られているのか、桐谷さんの視線にわたしは当惑して、葉月の後ろに隠れるように立った。

「花菜さんは葉月と違って奥手なんだな。いや～、そそられる」

葉月という彼女がいる前でそんなことを言う桐谷さんに、嫌悪感が走る。

この場所へなぜ呼ばれたのかわからないわたしの耳に、カシャカシャとシャッターを切る音が聞こえてきた。ハッとして桐谷さんを見ると、ファインダーをこちらに向けていた。

「あ、あの、撮られるのは困ります」

「花菜、いいじゃん。ほらほら」

葉月はわたしを自分の前に押し出す。そこへ、前の膨らみが激しいビキニ姿の男性モデルがやってきて、わたしをいきなり抱き上げた。

「う！　わ！　きゃあ！」

怖くて男性の首に腕が伸びる。密着する肌と肌。一刻も早くここから逃げ出したい。

「下ろしてくださいっ！」

まったく知らない男性に抱き上げられて、恥ずかしくて泣きそうだった。

「えー、どうしよっかな～」

わたしをお姫さま抱っこする男性は楽しそうに笑いながら、放そうとしない。

こうなったら暴れてやるんだから！

落とされてもかまわないくらいの意気込みで、足をバタつかせようとした、そのとき――。

「彼女を下ろしてくれないか。彼女はモデルではなく、パルフェ・ミューズ・ジャパンの社員だ」

ひとりの男性の厳しい声が聞こえてきた。ハッとして声のするほうを見ると、ムッとした表情の京平が立っていた。その後ろに、驚いた顔の遼平もいる。ふたりともプールサイドには似つかわしくないスーツを着ていた。

わたしをお姫さま抱っこしていた男性は、慌てた様子で荷物のように下ろす。

「きゃっ！」

十センチヒールの細さが仇(あだ)となって、ツルッと滑りそうになったところを、京平の逞(たくま)しい腕に支えられた。レゲエ調の音楽がかかっているのに、そこだけシーンと静まり返っているようだ。

いや、そう思うのはわたしだけ……？

京平はおもむろにスーツのジャケットを脱ぎ、わたしの肩に羽織らせる。

「なんで花菜がそんな格好をしているんだ？」

プールの水のほうが温かいんじゃないかと思うくらい冷たい声色に、わたしは返事ができない。そこへ、葉月がわたしの前に立った。

「京平、別にビキニくらい着たっていいでしょ。プールパーティーに来てるんだから」

両手を腰にやっている葉月はムッとして、京平を睨みつける。

「ジャケットなんて着させたら余計に目立つわよ」

京平の爽やかなコロンの香りに包まれていたわたしは、葉月の手によってジャケットを脱がされた。

「あ……」

「バカっ、脱がすな！」

葉月の手からひったくるように取ったジャケットを、京平はもう一度わたしの肩にかける。

「もうっ！　どうして着せるのよ！　京平には関係ないでしょ！」

昔からこのふたりはよく喧嘩をしていた。京平の後ろにいる遼平は「またかよ」と呆れたため息をついている。

「お前はいいが、花菜は目のやり場に困るんだよ」

えっ……？　どういう意味？

京平の言葉がわからなくて、わたしは口を開いた。

「わたしはダメで葉月はいいって、どういうこと？　京平はわたしの彼じゃないし、束縛されたくないわ！」

「束縛って、お前」

京平は苛立たしげに大きくため息を漏らす。その仕草は、さらにわたしの神経を逆撫でした。

「お前は下着を着ているようにしか見えない」

その言葉はショックだった。昔からずっと恋心を秘めていた京平に、グサッと心臓にナイフでも突きつけられたかのように傷つけられた。

潤みだした目で京平を見つめながら、言い返す言葉を探していると、葉月がわたしの前に進み出る。

「ちょっと、京平！　まったく！　デリカシーがない男ねっ！」

葉月は腰に手を当てて京平に憤慨しており、そのいからせている肩を見つめながら、わたしはジャケットを脱ぐ。足が震えて、一歩動いた途端に右足のサンダルが脱げた。

わたしにはこの十センチヒールのサンダルや、モデルが着るようなビキニは似合っていなかった。羞恥心に震えながら、もう片方のサンダルを脱いで京平に近づく。

「見苦しくて悪かったわね！」

会社の上司にこんな言い方はできないけれど、今は幼なじみとしての京平に言っている。

小指の先ほども想われていない。わたしだけの一方通行。恋人にはなれないとしても、せめて隣の幼なじみでいたかった。

高級ブランドのジャケットを京平の胸に押しつける。目頭が熱くなって、涙がこぼれそうだ。そんなわたしに気づいた葉月は、わたしの肩を抱き寄せた。

「花菜、行こう」

「おい！」

「花菜さん！　待ってよ！」

京平と遼平の呼び止める声が背後で聞こえたけれど、わたしたちは立ち止まらなかった。

——グズッ……。

ビキニから服に着替えても、わたしの涙はまだ止まらなかった。大量に出る鼻水をティッシュで何度もかむから、鼻の頭が赤い。

広いボールルームにわたしたちだけだった。葉月が山本さんに言って鍵を開けてもらったのだ。

「葉月、行って。ヒック……大丈夫……だから」

本当は声を上げてわんわん泣きたい。自分の部屋にある、小学生の頃にＵＦＯキャッチャーで京平が取ってくれたブタのぬいぐるみに八つ当たりしたい。

「部屋でルームサービス取って、先に休んでる？」

時刻はまだ二十時にもなっていない。葉月はホテルの部屋を勧めてくれるけれど、わたしは帰りたかった。

ハンカチで涙を拭いて、目の前に立っている彼女に首を左右に振る。

「帰る」

「花菜、家に帰ったらひとりでウジウジ考え込むんじゃないの？　それよりもホテルで美味しいものを食べて、有料の映画でも観て憂さ晴らししたらいいよ。わたしも終わったらすぐ部屋へ行くから」

「そんなのじゃ憂さ晴らしできないよ……わたし、決めた！　お見合いして結婚する！」

京平を想い続けても無理なことを、今日悟ったわたしだった。

第二章
思いも寄らぬ彼とのお見合い

そしてあれから約一週間後の……今に至っている。

「お母さんっ、これはどういうことなの？　京平とお見合いなのっ⁉」

わたしは小さい頃からよく知る京平の両親に挨拶しなきゃと思いながらも、お母さんの袖を困惑しながら引っ張る。京平はというと、口元を歪め、とても不機嫌そうだ。

もう……隠れたい……。

京平が率先してこの場所へ来たわけじゃないのは明らかだ。

「花菜ちゃん、驚いたわよね」

緊迫した場の中、第一声を発したのは京平のお母さま。

「驚いているのは花菜だけじゃない。俺もだ」

いつもより低い京平の声。怒っているのは一目瞭然だ。

「見合いってどういうことだよ。親父、仕事の会食だと言って嵌めたな？」

「ま、まあ、とりあえず食事にしよう。せっかくだからな」

京平のお父さまは息子に気を遣うように顔を引きつらせて、わたしたちに座るよう勧める。

「京平くん、すまないね。君が今フリーだと聞いて、花菜と真剣に付き合えないものかと考えたんだ。ちょうど花菜もお見合いする気になったんでね」

両親たちは一斉に座布団の上に腰を下ろし、京平の不機嫌さに気圧されたお父さんがハンカチで汗を拭きながら言い訳する。

そこへわたしたちを案内した仲居さんがやってきて、飲み物の注文を聞き始める。

「全員ビールで……」と、京平のお父さまが仲居さんに告げたとき――。

「すみません。ひとつは冷たい烏龍茶にしてください」

京平が丁寧に注文している。わたしも同じものを……と言いたいけれど、なんだか悔しくて押し黙る。

仲居さんが部屋を出ていき、再びわたしたち六人だけになる。お見合いの席の真ん中にわたしが座り、目の前は京平だ。

シーンと静まり返った部屋で、わたしは座ったところから見える中庭の鹿威しを風流だなんて思っていた。

こうなってしまったのは仕方がない。どっちみち京平はわたしを幼なじみとしか見られないんだから、結婚もあり得ない。わたしは開き直ろうと決めて、目の前に用意されたおしぼりで手を拭いた。

「いや～、毎日暑いですね」

「本当に。涼しいところへ出かけたいくらいですな。秋になったらコースにぜひ」

両家の父親たちも仲がよくて、わたしと京平を気にしながら場を和やかにさせようと話し始めた。ついでにゴルフのお誘いも。

先週のプールパーティーのこともあって、わたしは京平をまともに見られない。顔を上げられないでいるわたしに、京平のお母さまが話しかけてきた。

「花菜ちゃん、しばらく見ないうちにまた綺麗になったわね。お着物も素敵よ。夏に着るお着物は見ているだけで涼しくなるわ」

「……おばさま、ご無沙汰しています。これはおばあちゃんので……」

あぁ……ダメだ。京平が気になって、ちゃんと話せない。

「おばあさまのお着物なのね。懐かしいわ～、ねぇ？　京平。小さい頃、よくおばあさまに公園やスーパーへ連れていってもらっていたわね」

懐かしい話を出して、京平に会話を振るお母さま。彼を和ませる努力をしてくれている。

「ああ……」

でも、お母さまの意に反して、話に乗らない京平だ。

親たちに嵌められて、相当怒っているのかも……そうだ！　さっきスルーしちゃったけど、京平が今フリーって？　恋人がいない？

ううん。モテまくりの京平に、恋人がいないはずがない。おじさまたちが知らないだけ……。

そう考えると、また胸がシクシク痛みだした。

そこへ仲居さんが飲み物を運んできた。京平のところに氷の入った烏龍茶を置こうとした仲居さんに、彼が「彼女のところへ」と手で示す。

「えっ？　わたし？」

確かにビールは好きじゃないけど……こういうところは気が利くんだよね。

「あ、ありがと……」

小さくお礼を言ったわたしは、やっぱり京平の顔を見られなかった。

高級店の懐石料理が次から次へと運ばれてくる。帯でお腹を締めつけられ、お見合いの相手が京平だったこともあって食欲がなくなっていたけれど、さすがに美味しい料理には箸が伸びる。

親たちはビールから冷酒になって、釣りやデパ地下の話で盛り上がっている。

気まずくて仕方ないけれど、親たちが話してくれているのが救いだ。これでシーンと静まり返ろうものなら、立ち上がってこの場から逃げたくなるに違いない。

でもお互いの親たちを見ていると、お見合いの席じゃなくて、双方でときどき行われる食事会に近いものがある。

はぁ～、これからは京平と普通に話ができなくなりそう……。わたしはまわりにわからないよう、重いため息をついた。

デザートのスイカとメロンの盛り合わせを食べていたとき、おもむろに京平が口を開いた。

「このあと、ふたりで出てくる」

えっ？　ふたりって誰と誰のこと？

キョトンとしているわたしに、京平は口角を上げて「お前のことだよ」と言った。

「そうよね。わたしたちがいたせいか、いつもみたいに話が弾まなかったようだし。京平、花菜ちゃんを美味しいケーキが食べられるところにでも連れてってあげなさい」

京平は母親の言葉に曖昧に頷き、立ち上がった。彼が美味しいケーキが食べられるところを知っているとは思えない。

お見合いの場でも着ると思うけど、取引先との会食と言われたらしい京平はひと目見てわかる上質な濃紺のサマースーツだった。センスのよさは元モデルの母親譲りだろう。ちなみに端正な顔も。

彼はぼんやり見ているわたしのところまでやってきた。

「行くぞ」

「え？　え？　あ、はい……」

立ち上がろうとするも、痺れた足に感覚がない。

「ダ、ダメ……」

「なにがダメなんだよ。行かないのか？」

わたしのダメという拒絶の言葉に、京平は眉をぎゅうっと寄せる。

「あ、足が痺れてるのっ」

格好悪い……。

せっかくの着物なのに、長い時間正座もできないわたしは自己嫌悪に陥った。

わたしたちは両親たちを残して店を出た。

まだ痺れている……。

日本庭園の中を歩くわたしに京平より数歩後ろ。痺れが治らないせいで、とてもぎこちない足取りだ。

なにを話せばいいの？　京平はどうしてわたしを連れ出したの？

京平は黙り込んでいる。どこへ行くつもりなのかわからないけれど、さっさと話してここで別れたほうがいいと思った。息が詰まりそうだった。

「きょ、京平っ」

思いきって呼びかけると、京平は立ち止まって振り返る。

「お見合い、断ってくれていいからっ。もちろんそんなこと言われなくてもわかっていると思うけど」

足の痺れが胸にまでじんわりと響いてくる。

心がジンと痺れていく……このまま感じなくなればいいのに……。

小さい頃から京平が好きだったけれど、告白する勇気が出ないまま二十六歳になった。そして、京平を忘れなきゃ、と他の男性と付き合ってみたわたしだけど、心に住み着いている彼を追い出すことはできなかった。今日、こっぴどく『お前と結婚はごめんだ』と言われれば、この想いは吹っ切れるのではないかと思う。

「こんなところで話す話題じゃないだろ。ほら、行くぞ」

予想に反して、京平はわたしの話を棚上げして歩きだした。

なんなの……？　さっさと断ればいいのにっ。

いつもながら京平は、なにを考えているのかわからない人だ。

ホテルのエントランスでタクシーに乗せられ、到着したのは麻布十番にあるハイグレード低層マンションだった。

ここは京平の住まい……？

外観がレンガ造りで、会社社長や重役クラスの富裕層が住む豪奢なマンションに見える。

「ここは……？」

タクシーの中でも京平は長い脚を組み、ずっと押し黙っていた。こんなに話しづらいと思ったのは初めてだった。

「俺のマンション」

タクシーから降りた京平は簡単に言いながら、マンションの中へ足を進める。

アメリカから帰国後、実家を出て京平はひとり暮らしをしていた。自分の家だったら、こっぴどく振れるってわけね。

突然、京平はわたしの手を掴んだ。

え……？

「ここの二階だ」

どうして手を握られているのかわからないまま、京平と共に歩く。

コンシェルジュのいるマンションを見るのは初めてだった。わたしたちと年齢が変わらないような、紺色の制服を着た女性がカウンターにいる。

コンシェルジュの彼女は京平を見ると、満面の笑みを浮かべて頭を下げる。そんな彼女を京平は無視して、わたしをエレベーターホールに連れていく。

なんか違和感……京平はいくら機嫌が悪くても、頭を下げることくらいはする男なのに……。

エレベーターに乗って二階で降りるように言われる。ここのマンションは低層マンションで七階建て。ひとつの階に戸数も少ないみたいだ。

京平は玄関の前に立って、カードキーでドアを開けている。カチッと音がしてロックが外れる。

「入って」

京平の後ろに立っていたわたしは、中へ促される。ニコリともしない彼に、ため息をつきたくなった。

早く、結婚できないって言ってほしいのに……。

そんなことを考えながら、玄関に足を踏み入れる。玄関は廊下とフラットになっていて、かなり広い。ブランドものの白いスニーカーが一足置いてあるだけだった。

「……お邪魔します」

水色の草履を脱ごうとすると、京平はキャビネットからピンク色のルームシューズを出した。

ピンクのルームシューズって……彼女の……？

困惑しながらそのルームシューズに足を入れる。恋人のものなのかもしれないと思うと嫌でたまらないが、草履を脱げてホッとしてもいる。草履の鼻緒で擦れて、親指と人差し指の間が痛かった。

京平もビジネスシューズを脱ぎ、濃紺のルームシューズに履き替えた。

『このルームシューズは彼女のものでしょう？』と聞きたくて仕方ないけれど、ぐっと呑み込んで京平のあとをついていく。

大理石とホワイトの壁の廊下は長く続いていて、サイドにドアもあった。ここは独身者が住むところじゃなくて、ファミリールームのように部屋数がありそうだ。

ドアの先は広々としたリビングだった。真正面の窓から外の樹木が見える。

「そこのソファに座ってて」

京平はブラックレザーの三人がけのソファを示して、左手にあるキッチンのほうへ行ってしまった。

モノトーンの家具。男性の部屋にしてはインテリアにこだわり、きちんと片づけられていて、ものが出ていない。昔から京平の部屋はきちんとしていたけど……。

キッチンから戻ってきた京平は、シックな艶のあるグレーのローテーブルの上に、ミネラルウォーターの五百ミリサイズのペットボトルを置いた。

「うちにはビールか、水しかないんだ」

「……京平、それより早く言ってよ。ここへ連れてきたのはどうして？」

我慢ができなくて、ペットボトルに見向きもせず京平に言い放つ。そんなわたしを尻目に、京平はキッチンとは反対の右手の部屋へ入っていく。

も、もうっ、なんなのよ！

わけがわからず、すっくと立ち上がったところで、京平がノートパソコンを持って戻ってきた。

「なにしてるんだ？　座れよ」

わたしの肩を押して、ソファに再び腰かけさせる。

「冬の新作ファンデの広報責任者に、お前を抜擢しておいた。どんな広報活動をしたいか考えろよ。新作のファンデの詳細はパソコンのファイルに入れてある」

そう言いながら、京平は腰をかがめてパソコンをサクサク起ち上げている。

「ちょ、ちょっと！　わたしに仕事をさせようと連れてきたの？　それに、広報責任者に抜擢って、なに？　聞いてないよ！」

「それはまだ、お前の上司から言わせてないし」

パソコンを注視しながら、ボソッと口にしてから京平は立ち上がった。

「俺、ちょっと休んでくるからその間にやってろよ」

「だからっ、わたしは仕事をしに来たんじゃなくて、お見合いの返事を聞きに来たの！　断るんなら早く言ってよ」

飄々とした京平に憤ったわたしは、両手をぎゅっと握って立ち上がった。

「お前、せっかちなところ、だんだん葉月に似てきたんじゃないか？」

「似てきたって、双子だしっ」

「二時間くらい寝かせろよ。疲れが取れたらタクシーで送るから」

「送らなくていいからっ。ひとりで帰れる」

わたしはソファに置いた西陣織の小さなバッグを手にした。そんなわたしに京平はジリッとにじり寄ると、バッグを取り上げてソファに放る。

「あっ、もう。なんでよ！」

「慣れない草履で足が痛いんだろ。それで自宅まで帰れるのか？」

見抜かれたことにびっくりする。いつもながらに洞察力の鋭い男だ。

目の前に立つ京平があまりにも近くて、下がりたかったけれど、ふくらはぎがソファに当たって無理だった。

「花菜、少し考えさせてくれないか？」

「えっ？」

自分で話を振っておきながら、京平の話の意味がピンとこなかった。

「お前、先週の金曜日に男とデートしていたんだろう？　もう別れたのかよ？　それともお前も親たちに嵌められたのか？」

「……京平が相手だとは知らなかったけれど、お見合いして結婚するって言ったのはわたしよ」

「ふ〜ん。彼氏となにかあったんだ？」

京平は表情を緩める。

「意見が合わなくて別れたの」

その別れた原因が京平。わたしが全面的に悪いんだけど……。

「見合いの相手が生理的に無理なやつだったら、どうしたんだよ？　それでも結婚するのか？　それともまた見合い相手を見つけてもらうのか？」

「ど、どんな人だって、つ、付き合ってみないとわからないでしょう？」

もちろん生理的に無理な人だったら、結婚するどころか手だって握れないに決まっている。

「話はまた後日にしよう。とにかく寝かせろ。徹夜だったんだ」

京平はよほど眠いみたいで、わたしをリビングに残し、廊下のほうへ消えていった。

玄関から入ってドアが三つあったから、そのうちのどれかが寝室のようだ。

わたしは深いため息を漏らすと、ポスンとスプリングの効いたソファに座った。


「花菜、おかえり～。戻りが早過ぎない？」

草履を脱いでいると、階段を風のように葉月が下りてきた。

「葉月も帰りが早いんじゃない？」

「お見合いはうまくいった？　念願叶ってどうだった？　ね？　早く教えてよ」

ということは、葉月はわたしのお見合い相手を知っていた？　あ、髪をセットしてくれたとき、やけにニヤニヤしていたっけ。

「もしかして葉月っ、お見合い相手が京平だってこと、知ってたんでしょう⁉」

話しながらリビングに足を向けて、手でさっそく帯をほどこうとしていた。

「知っていたら行かなかったでしょう？　それに、お見合い相手のことを知りたくないって言ったのは花菜よ？」

「プールパーティー以来、会社でだって京平に会わなかったし、突然お見合いの席にいて、本当に気まずかったんだから」

わたしの身体から取れかけた帯を葉月が拾い上げる。

リビングに入って、お母さんがいないことに気づいた。

「お母さんたちは……？」

「まだ帰ってきていないわよ。メールが来て、四人でデートしてくるって」

「はぁ？　四人でデートって……なにを考えているんだか」

わたしのお見合いだったのに。呆れて口が開く。

「両家の結びつきに花を咲かせているんじゃない？　で、どうだったの？　まだ十七時よ？　車の音が聞こえてきたから、送ってくれたんでしょう？　それともタクシーで帰ってきたとか？」

「送ってくれたけど……」

そこで葉月はわたしの浮かない顔を見て、小首を傾げる。

「京平に断られたの？」

「……まだ。少し考えさせてくれって」

着物を脱いで、夏用の肌襦袢も身体からするっとなくなった途端、どっと疲れが出てソファにゴロンと転がりたくなった。

でもさすがにブラジャーとショーツ姿だから、話はあとにしてシャワーを浴びることにした。


お風呂から出て髪を拭きながら、タンクトップとショートパンツの部屋着姿でリビングへ入ると、葉月がテーブルの上にピザの箱を開けていた。

Mサイズのピザが三枚ある。葉月は痩せの大食いで、この四分の三をペロリと食べてしまう。

「ピザ頼んでおいたよ。一枚は花菜が好きなパイナップルと厚切りハムのハワイアンだからね」

彼女は缶ビールのプルトップをプシュッと開けて、ゴクゴク喉に流し込む。わたしと違って、彼女はお酒が強い。

「もう二枚は?」

「決まってるでしょ。照り焼きチキンとカニマヨがたっぷり入ったピザよ。わたしたちの好みって、お子さまよね。花菜はオレンジジュース。はい」

「ありがとう」

葉月の対面のソファに座って、喉が渇いていたわたしはまずオレンジジュースを口にした。

「いただきます」

皿にパイナップルピザを取り分けて食べ始める。お見合いの席で食べた懐石料理は、緊張していたせいか、平らげることができずにもったいないことをしたと思う。一流の料亭だったのに……。

「で、ふたりでどこへ行ったの?」

葉月は照り焼きチキンピザを頬張りながら、もごもごと聞く。

「そんなことまで知ってるの?」

「だって、知りたかったから。お母さんにメール送って聞いたの」

「京平のマンションへ行って、仕事をさせられたの」

なかなか夢中になれた時間ではあった。

「ええっ？　仕事っ？」

葉月は口に入ったピザをビールで流し込んでから、身を乗り出す。

「うん。京平は徹夜だったから少し寝かせてくれって寝室へ行っちゃって。その間に仕事をやっとけって」

「まったく！　なにを考えているんだか、あの男。で、少し考えさせてくれって言われたあと、花菜はどう答えたの？」

「答えるもなにも……待つしかないでしょ」

京平を好きなわたしは不利な立場にいる。

「ね、葉月……本当に京平ってフリーなのかな？　今日のお見合いは取引先の家族との会食だって騙されて来たし」

「プールパーティーのときに遼平に聞いたんだよね。彼によると、恋人とは別れたって話だったよ」

葉月は二枚目のピザに手を出している。

「だけど遼平の言うことなんて、あてにならないかも。一緒に住んでいないんだし」

「そうだ！　花菜が行った京平のマンションってどこ？　どんな感じだった？」

「麻布の低層ハイグレードマンションだった。ひとり暮らしなのに、おそらく4LDKの広々とした部屋だったよ」

わたしも二枚目のピザに手を伸ばす。

「おおー。そんなに広いんだったら、いつ結婚しても問題ないじゃない」

「結婚か……わからなくなっちゃった。そもそもお見合いして結婚するって言ったのは、京平のことがあったからで……」

わたしはピザを持ちながら、はあっとため息を漏らす。

「花菜っ！　頑張りなよ！　ずっと片想いしていたんだから！　実らせるチャンスだよ？　積極的に行こうよ」

「……う……ん……」

葉月に励まされて、少し積極的にならなきゃと思ったわたしだった。

第三章　横暴な命令には断固反抗

月曜日は広報室のミーティングから始まる。

社屋七階フロアすべてが大中小の会議室。一番大きな会議室は五十人。それよりも小さい会議室は三部屋あり、二十人収容できる。そしてさらに少人数、十人までの会議室も三部屋ある。

広報室は佐々木部長を含め、十二人。月曜日の午前中は二十人までの会議室でミーティング。

「――以上だが、もうひとつ報告がある。冬の新作ファンデーションの広報責任者は檜垣さんになった。森下さんと真鍋くんと三人で進めてくれ」

佐々木部長は、わたしよりひとつ年上で今年から広報室に異動になった森下芽衣子さんと、ひとつ年下の真鍋守くんの三人でチームを組むように発表した。

「はい。よろしくお願いいたします」

パイプ椅子に座っているわたしは、誰にともなく頭を下げる。

昨日、京平が言ったことは嘘じゃなかったんだと、佐々木部長の言葉で信じることができた。本当の話なのか、疑っていたのだ。

「檜垣さん、詳しい話はあとで高宮専務とブランドプロモーション部の菅野部長から話があるはずだ」

「わかりました。頑張ります！」

「これでミーティングは終わりだ」

佐々木部長が会議室を出ていき、わたしたちもあとに続く。

「花菜〜！　すごいじゃん！　大抜擢、おめでとう！」

エレベーターホールに向かうわたしの隣に同僚の知世が並び、笑顔で祝福してくれる。わたしと身長がほぼ同じの知世は、肩までのふんわりとしたボブの髪を耳にかけながら、にっこり笑う。

「ありがとう。責任重大だから、わたしなんかでいいのかなと思っちゃう」

森下さんや真鍋くんに比べたら、広報室ではわたしのほうが経験がある。いつかは責任者になり、自信を持ってわが社の商品をプロデュースしたいと思っていたけれど、プロジェクトの大きさに気が重い。

「金曜日に言ったでしょう？　花菜は仕事ができるんだから、絶対に大丈夫よ」

「うん。やらなきゃね。頑張るよ」

わたしは知世がチームメンバーだったらよかったのに、と思いながら頷いた。

ランチのあと、広報誌の記事を書いていたわたしのデスクの電話が鳴った。

「はい。檜垣です」

『高宮です。十四時に専務室へ来てほしい。ブランドプロモーション部の菅野部長とミーティングだ』

京平の少し低めの爽やかな声は、伝えたいことだけを言って通話を切った。

もうっ！　外出や手の離せない仕事をしていたらどうするのよっ。

ツーツーと音が鳴っている受話器を睨みつけ、乱暴に置いた。その音にびっくりして、隣に座る知世がわたしを見る。

「どうしたの？　嫌な電話？」

「あ、ううん。ごめん。手が滑っちゃった」

わたしは首を左右に振って苦笑いする。

「知世。わたし、十四時に専務室でブランドプロモーション部の菅野部長とミーティングしてくるね」

「うわっ、専務室で⁉　花菜、ラッキーじゃない。羨ましいわ」

専務室と聞いて、知世は一瞬で目の色を変えた。

「羨ましい……？」

知世はわたしが京平の幼なじみだということを知らない。

「だって、高宮専務を間近で見られるのよ？　それに女性社員に人気の菅野部長もいるし！」

菅野部長とは話をしたことがないけれど、広報室で働いているから、写真はよく目にする。ブラウンの髪にふんわりと癖をつけた髪型で、甘いマスク。京平とは正反対の容姿だ。噂では女性をとっかえひっかえしているらしい。来る者拒まず、去る者追わずが、彼の座右の銘だとも聞いたことがある。

「まあ、菅野部長には要注意だけどね」

知世は肩をすくめた。

京平が指定した十四時まで、あと三十分もない。知世と話してから、わたしはあと五行の記事に集中した。

二十階にある専務室の前に到着したのは約束の五分前。わたしはタブレットとノート、筆記用具を抱えながら、専務室のドアを叩いた。

「どうぞ」

中から京平が返事をした。相変わらず、少し低めで落ち着いたいい声だなと思ってしまう。そこでハッとする。

忘れてはいけない。わたしはお見合いの返事を待っている身だった。いつまで待つのだろうと思うと、永遠に返事をもらえない気がしてきた。

「失礼します」

胸をドキドキさせながら、専務室のドアを開けて中へ入った。そこは二十畳くらいの広さで、窓際に艶やかなマホガニーの大きなデスクがあり、中央に上質なホワイトレザーの応接セットが置かれている。京平の自宅の雰囲気とは正反対。

わたしが専務室に入ったのは初めてだった。京平が専務になったのは数ヵ月前のことだし、入る理由もなかった。

京平は広いデスクいっぱいに書類を広げて仕事をしていた。

「菅野部長は五分ほど遅れる。そこに座ってて」

書類から顔を上げないまま、彼はホワイトレザーのソファを左手で示す。

顔ぐらい上げてくれたっていいのに……と、しょっぱなからぼやきが出てしまう。

「……失礼します」

今の彼は幼なじみではなく、専務取締役。わたしは礼儀正しく頭を下げて、三人がけのソファに腰を下ろした。

昨日マンションで見せられた今回の仕事のファイルは、午前中に京平からデータで送られていた。彼は雑談をしようという感じではなく、書類を見てはデスクトップに視線を向ける動作の繰り返し。

専務職だけでも大変だと思う。それにブランドプロモーション部の責任者も兼任しているから、忙しいんだろうな……。

菅野部長が現れるまで、もう一度今回の仕事を確認しよう。わたしはタブレットの電源を入れて読み始めた。

読むのに集中しようと思うのに、京平が気になって仕方がない。それに加えて、静まり返った部屋だから、呼吸をする音さえも聞こえてしまいそうで息が詰まる。

もう五分以上経ったよね？　菅野部長、時間厳守してくれなきゃ困る。

遅い菅野部長に心の中で腹を立てていると、ドアがノックされた。京平はそのほうへ切れ長の目を向け、返事をする。菅野部長が入ってきた。

「やあ、お待たせしました」

専務の前だというのに軽い挨拶をした彼は、その場に立ち上がったわたしに視線を向ける。

「君は……はじめましてかな？」

　恋多き男にぴったりの挨拶。一度でもデートしたことのある子なのかどうか、わからないのかも。

「はい。はじめまして。広報室の檜垣花菜です。よろしくお願いいたします」

　頭を下げたわたしに、菅野部長はにっこり笑って「よろしく！」と言い、対面のソファに腰を下ろす。

　わたしが記憶していたとおりの人だった。軽そうだけど、女性に人気があるのも頷けるルックスだ。

　菅野部長が来てメンバーが揃ったというのに、京平はこちらへ来ない。ちらっと視線を向けてみると、受話器を上げたところだった。

　あ、コーヒーを頼んでいるんだ……。

「檜垣さん、彼氏はいるの？　それだけ可愛いんだからいるよね？　今日はデートかな？」

「……いいえ、いませんし、まっすぐ家に帰る予定です」

　いつもながらバカ正直な答え。京平は受話器を置いてこちらに来るところだ。

「そうなんだ！　じゃあ今晩、食事に行こうよ。お近づきのしるしにね」

「えっ……」

まさか食事に誘われるとも思わず、わたしは驚いて菅野部長に首を傾げる。

「十九時だったら上がれる？　ロビーで待ってるよ」

まさか……わたしが菅野部長と食事？

戸惑って、わたしたちから見て斜め横のひとりがけのソファに腰を下ろした京平に視線を向けた。なにか言ってくれるのではないかと期待したのだ。

けれど京平は、菅野部長の誘いを聞いているはずなのに、なにも言わずにタブレットを操作している。

まっすぐ家に帰る予定だと言ってしまったのだから、断ることはできない。わたしは断る理由を必死に探していた。そこへ京平が口を開く。

「菅野部長、プロモーションビデオはいつでき上がる？」

京平のひとことで、今まで緩やかだった空気がピリッと引きしまる。菅野部長もわたしに向けていた笑顔から真面目(まじめ)な表情になって、仕事の話が始まった。

二時間のミーティングが終わり、わたしは広報室へ戻った。

パソコンからわたしに目を向けた知世はニヤニヤしている。

「おかえり～」

「ただいま……ふぅ～」

深いため息をつき、精魂尽き果てたわたしはデスクに顔を突っ伏す。

今のミーティングで、広報の責任者としてちゃんとやっていけるか不安になった。

菅野部長もチャラい見かけのくせに一流大学卒だし、京平に至っては難関大学を首席で卒業し、アメリカでMBAを簡単に取得してくる頭脳の持ち主。

そのふたりの頭の回転の速さについていくのが精いっぱいだった。ううん。ついていけていたのかわからない。必死にタブレットを見て、メモを取っていただけ。

どこのメディアに一番に露出させるのがいいのかなど、ふたりの会話から学ぶことがたくさんあった。濃い内容のミーティングは喉が渇いて、この二時間でアイスコーヒーを三杯飲んだ。ふたりも同じく水のように飲んでいたけれど。

「イケメンふたりとミーティングしたのに、疲れきった顔してる。天国じゃなかったの？」

「天国じゃなかった……。事の重大さが身に染みたって感じ。わたし、できるのかな」

「できるって！　花菜ができなかったら誰がやるのよ？　花菜が適任よ」

知世はわたしを励まし、うなだれる背中をポンポンと叩いた。

「で、どうだった？　仕事の話ばかりじゃなかったんでしょう？」

再び知世はニヤニヤする。

「菅野部長から挨拶されたときに、今日食事をしようって誘われた……」

あのとき、京平が止めてくれなかったことがショックだった。

京平はわたしが菅野部長と食事に行ってもいいいんだ……。やっぱり彼はわたしと結婚なんてしないいんだろうな。

「うわーっ、そうなの？　菅野部長と？」

知世は目をクリッとさせて驚く。

「うん……」

「なあに？　その、気のない返事は。花菜、別れたんでしょ？　今フリーなんだから菅野部長と食事したってかまわないじゃない」

修一と別れたことは言ってあるけれど、京平とお見合いしたことは話していないから、知世はわたしが菅野部長に誘われたことを喜んでいる。

「これからプロモーションが終わるまで一緒に仕事をすることが多いから、交流しておくにはいいと思うけれど、菅野部長みたいに簡単に誘う男性は好きじゃないよ」

初対面の挨拶のときに、会ったことのある子かどうかわからないとは……本当に来る者拒まず、去る者追わずで、一夜だけの関係が激しそうだと思う。

「イケメンと食事だったら目の保養になるよ。絶対におごりだろうし。高いものでも頼んじゃえば？　わたしが花菜と代わりたいくらいよ」

わたしは知世に行ってほしいくらい。そう思いながら、雑談をやめにしてパソコンに向かい、今のミーティング内容を整理し始めた。


十九時近くになって、デスクの上に置いていた仕事用のスマホが振動した。

知世は友人と会う約束があって、定時の十八時三十分に帰っていった。月曜日はノー残業デーでもあり、広報室にいるのは数人。

スマホを見ずに引き寄せると、着信の名前に驚いて手から落としそうになった。

かけてきたのは京平だった。画面をタッチして「少しお待ちください」と言って、広報室から廊下に出る。その間わたしの心臓はドクンドクンと暴れていた。

なんの用でかけてきたの……？

「すみません、廊下に出ました」

そう話しながら、廊下の先にある休憩室へ向かう。無料でドリンクを飲める自販機とテーブルセットがあり、お弁当を持ってきたときにはここで食べたりする。

『二十時に地下駐車場に来てくれ』

聞き間違い……？　二十時？　京平ったら、いったいなにを言っているの？　わたしが菅野部長に誘われるの、聞いていたじゃないっ！

京平のわけのわからない誘いにムッとする。

「それって今日？　そんなの無理よ」

『無理？』

わたしの耳に、京平の怒気を含んだような低い声が聞こえてくる。

「菅野部長に誘われたの、聞いていたんでしょう？　京平はなにも言ってくれなかったじゃないっ」

『あそこで俺が、花菜は先約があると言えばよかったのか？　俺と花菜になにかあると思わせてほしかったのか？』

京平は静かな声色で、わたしが思っていたことを言い当てる。けれど、わたしは素直になれない。

「そうじゃないわ！　菅野部長と約束があるのに、今さら断れないでしょう！　これからの仕事にも差し支えがあるので、喜んで菅野部長と食事に行ってきますから！」

言いきって、電話を切った。それから、へなへなと椅子に腰を下ろす。

わたしったら、大バカ者っ！　京平にあんなふうに言ったら、嫌われる。

でも、菅野部長に誘われたときに、『今日は俺が先約だから』と言ってくれたら舞い上がっちゃうほど幸せだったのに……。

「今さら、菅野部長に断ることなんてできるはずないじゃん……あ！　いけないっ！」

スマホの時刻は十九時を映し出していた。

わたしは京平のことを頭から追いやり、急いで広報室へ戻った。


ロビーに下りたのは、十九時十分だった。セキュリティにＩＤカードをかざして通った五メートルほど先で、菅野部長が女性と話をしていた。ベビーピンクのスーツを着た華やかな秘書風の女性だ。楽しそうに笑い合う菅野部長とその女性を見ても、なんの感情も湧いてこない。やっぱりわたしは京平にしか惹（ひ）かれない。先ほどの電話を後悔している。

京平はお見合いの返事をするつもりだったのかな……。

ため息をついて菅野部長に近づくと、彼はわたしに気づいた。話をしていた女性に軽く手を上げてから、わたしの元へやってくる。

「菅野部長、すみません。お待たせしました」

「いや、全然かまわないよ。退屈しなかったし」

菅野部長はチャーミングというのがぴったりな笑顔を向ける。

「もし彼女とご一緒されたいのでしたら、わたしはかまいませんが……」

京平のことで気持ちが落ち込んでいるから、菅野部長にはぜひあの女性と食事に行ってほしい。

「いや、いいんだ。檜垣さんとお近づきになりたいんだ。順調に仕事を進めていきたいからね」

いいえ。お近づきにならなくても、仕事はちゃんとまっとうします。

菅野部長の言葉に、わたしは小さく笑った。

「じゃあ、行こうか。檜垣さんは肉好き？　丸(まる)の内(うち)にうまいワインと肉を食べさせてくれる店があるんだ」

「はい。お任せします」

女性の扱いに慣れていて頻繁に出かけているであろう菅野部長なら、いろいろな店を知っているに違いない。

「ここからだと……タクシーで行こうか。電車だとめんどくさい」

社屋を出て、ちょうど通りかかった空車のタクシーを菅野部長が停め、わたしを先に乗り込ませた。

「ただいま」

二十二時半、成城の自宅に戻ったわたしは、リビングにいる両親に顔を見せてから二階へ上がった。まだ葉月は帰ってきていない。

菅野部長は確かに、女性を飽きさせない話術に長けていて楽しかった。仕事仲間の意識があるのか、紳士的な態度でもあったから、軽い男という印象は変わっていなくても信頼はできるのかな……と思った。

まずまずの食事会だったけれど、菅野部長はわたしが相手で楽しくなかったのではないか。始終、上の空になってしまったから。というのも、店に入ってワインと前菜を口にしたところで二十時になり、京平を思い出して気になり始めてしまったせいだ。

ベッドの頭のところに置いてある、小学生の頃に京平からもらったブタのぬいぐるみを手にすると、見つめる。

京平のほうへ行っていたら、今頃わたしはどうしていた？

今日会うことを自分が断ったくせに、どうして誘われたのか気になっている。

電話してみる？　ううん。電話なんてできない。

亭主関白的な性格をしているから、わたしみたいな言うことを聞かない女は願い下げって思っている？

「もうっ！　さっさと決めてほしいっ！」

しかしフラれたあとが恐ろしい。

わたし、立ち直れるかな……同じ会社にいづらくなるはず……京平は跡取りだから、わたしが辞めるしかないかも……。

ネガティブな考えしか浮かんでこなくて深いため息をつくと、ブタのぬいぐるみを元の位置に戻し、着替えを持って一階のバスルームへ下りた。


それから一週間、わたしは毎晩終電帰りになるほど新しいプロジェクトに忙殺された。京平からも音沙汰がなく、心身共に疲れきっていた。

もちろんわたしだけが忙しいわけではなく、チームとして森下さんや真鍋くんも同様に動き回ってくれていた。

明日からお盆休み。土日を挟んで五日間の休暇。だけど、まったく予定がないわたしは、二日間くらい会社で仕事をしようと思っている。

一部の部署などは一斉に休むのではなく、一定期間を設けられたその間に夏休みを取っている。

「花菜、今日はランチ行ける？」

昼近くになり、知世に聞かれる。最近は通勤時にコンビニで買ってきて、休憩室で素早く食べて仕事に戻るパターンだった。

「今日は大丈夫！」

「よかった！　話したいことがあったんだ」

知世は嬉しそうに笑ってから、デスクの一番下の引き出しに入っているバッグから財布を取り出している。わたしも同じように財布を取って、椅子から立ち上がり、エレベーターホールへ向かった。

「どこへ行く？」

そんなことを話しながらエレベーターに乗り込むと、三人ほど乗っていた。その中に京平がいることに気づく。もうひとり、彼の男性秘書の岩下（いわした）さんが一緒だった。

無視するわけにもいかず、軽く会釈（えしゃく）してから背を向けて、下がっていくパネルの数字に目をやった。

「花菜、パスタでもいい？」

知世がまわりを気にして小声になる。

「うん。いいよ。ちょうど食べたかったの」

背後にいる京平の目を意識してしまう。

京平はこれからランチ？　秘書もいるから仕事？

エレベーターは一階に到着し、わたしは降りる前にちらりと京平を見てから、先に歩きだした知世に並ぶ。

セキュリティを通り、真夏の日差しがきつい外へ出た。目指す店は歩いて三分ほど。わたしたちは「暑いね」と話しながら、冷房が効いたイタリアンレストランに入った。席に案内されたとき、レストランのドアが開いた。なんの気なしにそちらのほうを見ると、京平と岩下さんが席に案内されるところだった。ちょうど対面に座る知世の後ろのテーブル席だ。

なんでこんなところで会っちゃうの？

京平からなんの音沙汰もないせいで、情緒不安定とまではいかないけれど、精神的にやられている。

知世の真後ろに座っているのは岩下さん。身体をちょっとずらしたら京平の顔が見える位置にわたしに座っている。気になってしまい、京平を見たくなる。

「──菜、花菜?」

「えっ?」

わたしはぼんやりしていた視線を知世に向けた。

「大丈夫? 暑さでぼうっとしてる? なにを食べるって聞いたの」

「あ、うん。ごめん。大丈夫。なににしようか」

急いでそう言って、メニューを見る。

さっぱりとしたパスタが食べたくて、しょうゆベースでたらこや大根おろし、しそがトッピングされているものに決めた。サラダと、食後のコーヒーか紅茶がついている。知世はこってり系が食べたいと、カルボナーラにしていた。

京平はなにを食べるのかな。はぁ〜、そこに座っている限り、彼の存在を消し去ることができない。

「……知世、話ってなあに?」

オーダーを済ませてから、話があると言った知世の言葉を思い出して聞く。

「花菜、新庄(しんじょう)くんのこと、どう思う?」

「新庄くんって、あのデザイナーの?」

商品パッケージなどを手がけるデザイナーの彼について突然聞かれ、目をパチクリさせる。

　新庄くんはわたしたちと同期入社だけど、クリエイティブというか職人気質で、普通の社員とは違う感じ。社則だからスーツは着ているけれど、本当ならばTシャツとジーンズっていうタイプの人だ。

「うん。そう」

「突然聞かれても……まあ真面目だし、なかなかのイケメンだし。って、そういうことを聞きたいの？」

　部署が違うから彼のことはよくわからないけれど、主任デザイナーとして頑張っているのは知っている。二十六、七歳で主任デザイナーならば、将来有望株だ。

「わたし、ときどき彼と食事に行ったり、飲みに行ったりしていたの」

　知世の告白に驚く。

「そうだったの!?　で、その分だと知世は好きなんだね？」

「さすが花菜。でもね？　友達以上恋人未満なの。手は繋ぐけれど、キスからその先もない……二十六歳なのに、なんか悶々(もんもん)としちゃって」

　いやいや、知世。わたしがまだバージンだって知っているでしょ。恋愛指南は無理だって。

わたしたちのテーブルの背後にいる京平が気になって、言葉に出せない。

「付き合っている感じ……？」

わたしは声を小さくして聞く。

「付き合おうとは言われていないの。告白だって……まあ、それに近い言葉はときどき言ってくれるんだけど……」

知世は頬を赤らませ、照れながら教えてくれる。

「はっきり聞いてみれば？」

「ええっ？　はっきり聞いて、友達としか思っていないって言われたら？　もう顔合わせられなくなっちゃう」

知世はわたしと同じ悩みを抱えていたんだ。わたしのほうは返事を待っている最中なんだけど。

「わたしって臆病なんだよね……」

知世がため息をついたとき、オーダーしたパスタが運ばれてきた。

食後のアイスコーヒーを飲んでいる間に、京平たちは店を出ていった。その途端、緊張が解ける。

男性は食べるのが早い。あまり、わたしたちのようにはおしゃべりをしないから。

「花菜、どうしたの？」

わたしが思いっきり肩を撫で下ろしたのを見た知世は、不思議そうな顔になる。

「え？　ううん。なんでもない」

恋に悩んでいる知世に話すことでもないと思って、軽く首を横に振った。それにわたしと京平のことを説明するとなったら、お昼休みの時間では足りないから。


仕事を終わらせ、自宅へ戻ったわたしを出迎えたのは葉月だ。彼女はこの一週間、ロスへファッション誌の撮影に行っていた。

「か〜な〜、おかえり〜」

パンプスを脱いでいる最中に、葉月はわたしに抱きついてくる。

「葉月、おかえりなさいっ」

「会いたかった〜。わたしたちって双子のせいか、常に一緒にいないと心細くなっちゃうんだよね」

あ……だから、心身共に疲れちゃったのかな……。葉月の明るさはビタミン剤みたいなものだから。

「そうだね。わたしも葉月がいなくて寂しかった」

葉月は嬉しそうにわたしの腕に手を絡ませて、リビングに一緒に行く。

お父さんはいなくて、ソファに座っているお母さんひとりだった。テーブルの上にお土産(みやげ)がたくさん置かれているから、今まで葉月と話をしていたらしい。

「お母さん、ただいま」

「おかえりなさい。今、お夕食温めるわね」

ソファから立ち上がろうとするお母さんを止める。

「自分でできるからいいよ。葉月と話してて」

わたしはバッグをダイニングの椅子に置き、キッチン奥の洗面所へ行った。

お風呂から上がって髪の毛を拭いていると、葉月が部屋に入ってきた。

「花菜。はい、お土産」

なかなか大きな箱だった。その箱にアメリカのブランドで有名なバッグメーカーのロゴが入っている。

「バッグ？」

「当たり！　開けてみて。花菜が持ったら似合うと思って即買いよ」

葉月はにっこり笑いながら、箱を開けるようにジェスチャーする。

わたしは箱を開けて、布袋に入ったバッグを中から出した。二十センチ×十五センチほどの、チェーンがついた真紅のお財布バッグだった。

「葉月、ありがとう。でもわたしより葉月のほうが似合うと思うよ」

「なに言ってるのっ。女らしい花菜が持ったほうが、こういうのは似合うの。京平とデートのときにでも使ってよ」

「きょ、京平とデート？」

わたしの戸惑った表情に、葉月が整った眉を片方上げる。

「もしかして、まだなにも進展がない……？　お見合いの返事は？」

「まったくない……」

「京平ったら、いったいどういうつもりなのっ？　花菜を待たせるなんてっ！」

彼女は両手に握りこぶしを作って、怒る気持ちを抑えようとしている。

「葉月が出発した前日にね──」

わたしは京平より、菅野部長と食事に行ったときのことを話した。

「花菜、よくやった！」

ベッドの上に座った葉月は、長い脚で胡坐をかいて満足げに頷く。

「本当によくやったと思う……？　どうして京平のほうに行かなかったんだろうって、後悔しているの」

わたしはあのときのことを思い出すと、うなだれる。

「花菜、わたしは京平とのことを応援しているけれど、もっと好きになる男がいたら、そっちにいってもいいと思うよ。男は京平だけじゃないし。それに嫉妬させるのも女のテクニックよ」

「京平は嫉妬なんてしていないよ」

顔を上げたわたしは真面目な顔で物申す。

「そんなのわからないわよ？　その部長との約束を知っていながら誘うんだから。きっと京平は嫌だったのかもね」

そんなふうに言われたら、余計気になってくる。

「葉月っ、どうしよう……あれからなんの連絡もないの」

「本当に花菜は京平が好きなんだね。こっちから連絡してみれば？」

妹の言葉に、引きつった顔で大きく首を左右に振る。

「そんなのできない。次に会ったときに、結婚できないって言われそう」

知世じゃないけど、幼なじみの関係を壊さなければよかった……お見合いは不可抗力だった。京平とはずっと幼なじみの関係でいたいって、マンションへ行ったときに言えばよかった。

「明日からお盆休みでしょ。わたしとどこか出かける？　わたし、二日間空いてるの」

葉月はわたしを明るい気持ちにさせようと誘ってくれる。

「あ、ごめん。明日と明後日は仕事してくる」

「仕事、忙しいの？　花菜がお盆休み返上って、今までなかったよね？」

「うん。冬の新作の広報責任者になったって言ったでしょ？　この一週間、めちゃくちゃ忙しかったの」

話していると、あくびが出てくる。

「そっか。仕事頑張ってね。わたしはパルフェ・ミューズ・ジャパンのモデルになれるよう努力するわ。いつか花菜に宣伝してもらえるようにね！」

「葉月ならチャンスがあれば絶対に大丈夫！　わたしはずっと応援してるよ。あ、バッグありがとう。大事に使うね！」

葉月もわたしのあくびがうつったのか、口に手を当てながら出ていった。

第四章　彼を虜にする作戦？

翌日、お盆のおかげで空いている電車に揺られ、会社に着いた。

気分を上げたくて、ウエストを前リボンで結ぶ、お気に入りの白いワンピースを着て、昨日葉月からもらった真紅のお財布バッグにした。予備のメイク道具はデスクの引き出しに入っているから、貴重品だけ入れれば問題ない。

このバッグのおかげでテンションは高い。休日だから電話もかかってこないはず。たっぷり自分の仕事に没頭できると思うと、やる気も出てくる。

セキュリティにＩＤカードをタッチして入館し、エレベーターホールへ向かう。会社全体が休みというわけではないから、エレベーターも稼働している。

誰も乗っていないエレベーターで、十三階で降りて広報室へ足を進める。ＩＤカードでロックを解除した。今日と明日出社することは佐々木部長に伝えてあった。

広報室に入室したわたしはデスクに向かい、パソコンを起ち上げてから、会社へ来る途中で買ったアイスコーヒーをひと口飲んでから仕事を始めた。

ランチもそこそこに、午後も集中したおかげで、この分だと明日は出社しなくて済みそうだ。

「――これで、女性誌の出版社のリストをプリントアウトして……」

すっかり夕方になっていた。没頭できて仕事がはかどり、気分がいい。だいたい終わって、ひとり満足の笑みを浮かべる。

椅子の背もたれに背中を預け、両手を上げて伸びをしたとき――。

「花菜って、仕事熱心だったんだな」

誰もいないと思っていた部屋で京平の声がして、驚きのあまり背もたれに体重がぐっとかかり、後ろにひっくり返りそうになった。

「きゃっ！」

「っと！　危ねえな」

わたしの後ろにいた京平が瞬時に椅子を支えてくれて、ひっくり返るのを免れた。

「ありがとう……」

振り返って京平を見ると、ビジネススーツではなく、白いTシャツに麻の紺色のジャケットを羽織り、カーキ色のロールアップのチノパンを履いていた。ってことは、仕事じゃないのに会社へ……？

「……どうして京平は会社に？　その格好だと仕事じゃないよね？」

困惑しながら京平を見ると、彼はわたしのパソコンを覗き込んでいた。仕事内容についてはなにも言わない。

まさかわたしが休日出勤していると知って来てくれたのかと、淡い期待を持ったけれど……。

「休み中に読んでおきたい書類を取りに来たんだ」

京平の答えに、ガクッとうなだれそうになる。

わたしが来ているのを知ったからじゃないんだ……。

「もう終わったのか？」

「えっ？　あ、あとは印刷して終わり」

「印刷は休み明けにやればいい」

京平はマウスでリストを保存し、パソコンをシャットダウンする。

「ああっ！　勝手に電源落とさないでっ」

「終わったんだろう？」

端正な顔に笑みを浮かべる京平に、文句も言えなくなる。

はぁ～、その微笑(ほほえ)みに弱いんだよね……。

「終わったけど……」

「行くぞ」

彼はわたしを立たせて、出口に向かわせる。強引に歩かされるわたしは、バッグを持っていないことにハッと気づいた。

「ちょ、ちょっと待って。バッグを」

京平から離れてデスクに戻り、一番下の引き出しから真紅のお財布バッグを取り出した。

広報室を退室して、ＩＤカードをタッチするとドアがロックされる。わたしを先に促してエレベーターに乗り込んだ京平は、駐車場のあるＢ１を押した。

「どこへ行くの？」

「俺、昼飯食べていないんだ。お前もその分だと適当に食べたんじゃないか？」

はい。お察しのとおり……鋭いです。

「ま、まあ……そんなとこ」

これって食事に誘ってくれているの？

困惑しているわたしに京平は続ける。

「車で来ているんだ。酒も飲みたいから、一度自宅に置きに戻っていい？」

「ど、どうぞ……」

わたし、京平と食事に行くことになったの……？

「……ねえ、京平。これから、わたしに用事があったらどうするの？」

エレベーターはＢ１に到着した。京平はエレベーターを出たところで、不機嫌そうに片方の眉を上げてわたしを見る。

「用事？　あったら出勤なんかしていないだろ。見合いをするほど男に困っているようだし？」

サラッと言われて、的を射た理由にわたしは押し黙る。

はいはい。どうせわたしは暇人です。お見合いでなきゃ相手を見つけられません。

ふいに京平の手が伸びてきて、フッと笑った彼は指先でわたしの頬を突っつく。

「すぐ膨れっ面するのは、小さい頃から変わらないな」

突然頬に触れられて、わたしの心臓はドクンと大きく跳ねた。

なんか……京平、いつもと違う？

わたしをドキドキさせておいて、京平はさっさと自分の愛車に向かっている。彼の背中を見ながら、わたしは手のひらで先ほど京平が触れた頬を撫でる。触れられたのが嫌なんじゃなくて、久しぶりに京平に触ってもらったのが嬉しかった。

お気に入りのワンピースと、葉月からのロス土産のバッグで、おしゃれしてきてよかったかも……。それについてはなにも言ってくれないけれど。

「花菜？　ぼうっと突っ立って、どうしたんだ？」

ハッとして顔を上げると、数メートル先にある、パールホワイトの逆輸入高級車の前に京平がいる。

「あ、はいっ」

わたしは小走りで流線形の車に近づいた。

助手席に乗り込みシートベルトを装着する。そこでわたしは京平のお母さまが、ひとり暮らしだから食生活が心配だと言っていたことを思い出す。

彼は慣れたハンドルさばきで車を地下駐車場から出庫し、一般道路へ走らせる。

「ね、京平……マンションへ戻るのなら、わたしが料理していい？」

「えっ？　花菜が料理を？」

「うん。この前、ちゃんとしたご飯を食べているのかおばさまが心配していたから」

わたしはこれでも料理が好きで、小・中学校と料理クラブだった。今は忙しいから、キッチンに立つ時間がなくてあまり料理をしていないけれど、簡単なものならお手のもの。

「じゃあ、作ってもらおうか。お前の手料理、高校のとき以来かもな」

京平は前を見たまま顔を緩ませる。

もしかして、喜んでくれている？

彼の横顔を見ながら、気持ちが浮き立ってくる。

「あれは料理のうちに入らないよ」

高校三年生のとき、京平がインフルエンザになってしまったことを思い出す。

あいにくご両親は海外出張中で、遼平が慌ててわたしに助けを求めてきた。高熱を出していた京平は食欲がなく、おかゆを作ってなんとか食べさせたのだ。翌日、ご両親が帰国したから、わたしが京平のために料理したのはおかゆだけ。

「途中でスーパーに寄ってくれる？　なにが食べたい？」

「和食かな。魚料理がいい。あ、あそこに寄ろう」

京平は、目に入った外国人御用達（ごようたし）の高級スーパーの駐車場に車を停めた。


スーパーに入り、カートを使おうとすると、京平は「籠だけでいい」と言う。

「たくさん食材を買っても、俺は料理しないしな」

「普段なにを食べて生活しているの？　おばさまの言うとおり、身体に悪い生活をしているんじゃない？」

籠を持った京平は、ただ笑っただけだ。きっとおばさまにも笑って済ませているに違いない。ちゃんとしたお料理を作らなきゃ。

わたしは意気込んで、野菜から見始めた。そばに京平がいてくれて、なんか新婚さんみたい。そう思って、顔がにやけてしまう。

「そうだ！　調味料はある？」

「ああ。一ヵ月くらい前に、母さんが嫌味を言いながら全部取り替えていったっけ」

「おばさまらしい……じゃあ、調味料はＯＫと……」

スーパーの食材を見ながら、魚料理のリクエストに、なにを作ろうと考える。

「ねぇ、京平」

振り返ると、籠を持って後ろにいるはずの京平がいない。

「どこへ行ったの？」

なにか欲しいものがあるのかな。

わたしは魚コーナーに足を進め、まるまる一匹の金目鯛のパックを手にした。内臓処理もされているし、大きさもふたりで食べるにはちょうどいい。それを持って京平を探しに行こうとしたとき、彼が戻ってきた。

籠の中を見ると、黄色の生地に鮮やかな赤い花柄、差し色に黒が入っているエプロンがあった。

「エプロンを探してくれたの？」

「ああ。その白いワンピースじゃ絶対に汚れるだろ？」

「うん。ありがとう」

気の利く京平に、にっこり笑う。

でも料理をしないのに、どうしてそんなことに気づくのだろう。元カノにも同じことをしたの？なんて考えてしまい、落ち込みそうになる。

「キンメ？　いいね」

わたしの持っているパックを見て京平は顔を緩ませる。

「煮つけにしようと思って」

「煮つけのたれだけで、ご飯三杯はいけるな」

彼の嬉しそうな顔に、落ち込みそうになった気持ちが浮上する。

「ご飯たくさん炊かないとね」

こんなやり取りが心地いい。好きな人にご飯を作るのは緊張しちゃうな。美味しく作らないと。

マンションの部屋に入り、まっすぐキッチンへ向かう。大きなスーパーの袋がふたつになってしまった。それを両手に持った京平がキッチンへ入ってくる。

「先にご飯セットしちゃうね」

おばさまが調味料を替えたとき、お米も用意していたようだ。しかも無洗米。ここまで手抜きをさせてでも食べさせたいと思ったのに、当の本人がなにもやらないから、おばさまは気を揉んでいるはず。

「あ、ちょっと待って」

京平はエプロンをスーパーの袋から出して、値札をハサミで切っている。

「ありがとう」

エプロンを受け取ろうと手を差し出す。

「後ろでリボン結びだろ？　俺がやってやる」

そう言って、京平はテキパキとわたしにエプロンをつけ、後ろを向かせる。

「ヤバいな……」

後ろで結んでくれながらも、呟くような彼の声が聞こえて、わたしはパッと振り返る。

「ヤ、ヤバいって、ウエストが太いとか思ってるの?」

むうっと頬を膨らませて、京平を睨みつける。

「そう思ってるんなら、ダイエットすれば? 葉月と全然違うのはどうしてなんだろうな?」

京平はしれっと肩をすくめて言い放つ。

「もーう! 葉月と比べないでっ」

京平が好きなタイプは、もしかしたら葉月のようなスレンダーボディ? 水着のときだって、葉月はいいけど、みたいなことを言っていた……。そうだとしたらわたしに望みはない。

考えを払拭するように、小さく頭を左右に振った。

「邪魔だから、キッチンから出ていって」

京平の背後に回って背中を軽く押すと、彼は素直にキッチンからいなくなった。

できたての料理がリビングのローテーブルの上に並んだ。

鳥のささ身肉を入れたグリーンサラダ。生姜(しょうが)の千切りをのせた金目鯛の煮つけ。今が旬である、いんげんの胡麻(ごま)和えとかぼちゃの煮物。和食だからと京平が冷えた日本酒を用意した。それらを肴にして、胡坐をかいた京平は飲み始める。なすのお味噌汁も作ってあるけれど、あとでお米と一緒に食べるそう。

わたしはさっき京平に『ダイエットすれば？』と言われたのが気になって、ご飯は食べずに冷酒とおかずだけにしようと決めた。

「うまそう」

京平はローテーブルの真ん中に置いた金目鯛の煮つけに箸をつけた。

「花菜、うまいよ。最高」

ふんわりとした身を口に入れてから、ゆっくり咀嚼して味わってくれている。

いつになく京平が幸せそうに見えて、わたしは微笑みながら、水色のガラス製のおちょこに入った冷酒を飲む。このおちょこは水色の中に白い気泡が入っており美しい。

涼しげなおちょこのせいで、弱いのについ手が伸びて飲み過ぎてしまいそうだ。

京平はすべての料理を美味しそうに食べてくれる。そんなふうに味わってくれると、幸せを感じてしまう。

京平の胃袋、捕まえられたかな……。

お見合いの返事は棚上げになっている。もしかしたら今日、断られるかもしれない。

思わず口から小さなため息が漏れる。

「ん？　ああ、酒がないって？」

わたしのため息はお酒がないからだと思った京平は、おちょこになみなみと注ぐ。

「そういえば、酒にそれほど強くないんだから、ほどほどにしておけよ」

強くないけど、今日は飲みたい気分だった。贅沢にタクシーで帰ればいい。お盆だから都内は空いているはず。

「うん。かぼちゃの煮物もうまいよ」

褒めてくれると嬉しい。作ってよかったと思わせてくれる。これって結婚してからも大事なことだよね。なにも言ってくれない旦那さまだったら、作り甲斐がない。

「かぼちゃの煮物の味つけは、おばあちゃん譲りなの」

「うちに祖父母は住んでいなかったから、お前んちが羨ましいときがあったっけ」

それは初耳だった。京平がわが家を羨ましく思うなんて。

「檜垣家は、家に誰もいないってことはほとんどなかっただろ？　そういうの、子供の頃は大事なんだよな」

京平のお母さまはその頃はまだモデルだったから、留守がちだったのを覚えている。

こんなにゆっくり京平と話をする時間は、大人になってからはなかった。楽しくて冷酒を三杯飲んでしまった。

顔が火照ってきているのがわかるけれど、もう一杯だけと、おちょこを口にする。少し甘めの冷酒がこんなに美味しく感じるなんて。

お酒も手伝って、お見合いの話はどうなのか聞きたくなる。結婚できないと言われたら、もうふたりきりでは会いにくくなるのに。でも、このまま先延ばしにされていると胸が苦しくなる一方だった。

心の葛藤ののち、わたしは勇気を出して口を開く。

「ねぇ……京平……」

「ん……？」

わたしの緊張が伝わったのか、京平は箸を置いて視線を向けてくる。

「……わたしと……寝て……」

自分の口から出た言葉に驚くわたし。

そう言いたかったんじゃない。わたしと結婚するのか聞きたかった。

でも――。

「花菜、酔っぱらったのか？　ソファで横になるか？」

京平は少し心配そうな表情をしてから、立ち上がってこちらへ来る。手を差し出し、立たせようとする。

わたしの気持ちは京平に届かないの？　そう考えてしまうと、やけっぱちな気持ちになる。大好きな人の男らしい手を掴んで立ち上がった。

「大丈夫か？」

足元がふらつき、俯くわたしを京平は覗き込むようにして見る。次の瞬間、わたしは彼の目を見て、もう一度はっきり言葉にした。

「京平、お見合いの返事に困っているなら、わたしとエッチして」

彼の切れ長な目が大きく見開かれた。

「花……菜……？」

「だって、結婚って身体の相性も大切でしょう？　合わない相手と結婚したら後悔するもの。京平だって、抱けない女と結婚しようなんて思わないでしょ？」

わたしは言いきってから、穴があったら入りたい心境になった。

京平は驚いた顔で見つめるばかりで、幼なじみの女を抱く気はないのだとわたしは悟った。

「ご、ごめん！　酔っぱらって変なこと言っちゃった！　忘れてっ。それから、お見合い騒動に巻き込んじゃってごめんなさいっ」

京平を見ていられなくて、クルッと向きを変えると、ソファに置いてあったバッグに手を伸ばす。

——次の瞬間、わたしは京平に後ろから抱きしめられていた。

胸が切ないくらいキュンとする。

「花菜。お前から言わせてごめん」

京平の少し低音の声と共に、耳に吐息がかかり、足から力が抜けそうだ。

「今日誘ったのは、見合いの返事をするためだ」

そうだったんだ……返事をすぐに言わなかったってことは、やっぱり断るつもりだったんだよね？

心の中で思うも口に出せず、京平に抱きしめられ、動けずにいた。

「俺はお前と結婚する」

「えっ⁉」

聞き間違い……？

わたしは京平の腕の中で向きを変えて、彼の目を見る。

「お前だって、嵌められた見合いだろ？　男に幻滅して見合いをしようと思ったんだろう？　俺も惹かれる女に幻滅ばかりする恋愛をしてきた。だから、小さい頃から知っているお前との結婚はうまくいきそうだ」

彼は自嘲するような笑みを浮かべて言った。

「わたしと……結婚する……？」

「ああ。お前を愛するように努力する」

まだ把握できずに、小首を傾けながら聞くわたしに、京平は真剣な表情で頷く。

「それと、お前の提案も受けようと思う」

「わたしの提案？」

エッチしようと言ったことは、すっかりわたしの頭から抜け落ちていた。それよりも、結婚を受け入れた京平の返事にショックが否めない。

『お前を愛するように努力する』

まだ京平の心にわたしはいない……。

「俺に抱かれるんだろ？」

「ええっ⁉」

そんなわたしに京平はクスッと笑い、頭を傾けた。

京平の唇が重なる。ずっと好きだった京平とのファーストキス。わたしの心臓がドクドク、バクバクして、身体中の血管が脈打っているみたいだ。

京平にも届いているかも……。

最高潮に達しているわたしの緊張を解すかのように、京平は優しく唇に触れてくる。

「んっ……」

食むようにわたしの唇を吸い上げ、ちゅっちゅとキスを繰り返す。

わたしの唇を楽しむような、こんなキスは誰もしてくれなかった。唇を重ねるとすぐに舌を入れてくる強引なキスばかりだった。

しだいにわたしの緊張は取れてきて、大好きな彼からのキスにうっとりしてくる。

京平のキスはとても心地よくて、昔観たフランス映画のキスシーンを思い出させるような優しいものだった。

わたしはその先……もっと深いキスをしてほしくて、自分から京平の下唇を食んでいた。

「寝室へ行こう」

その言葉に、ビクッと肩を跳ねさせる。

「し、寝室？」

困惑気味のわたしに京平はフッと笑みを漏らしながら、長い指先で頬に触れる。

「ここで今すぐ抱いていいの？」

「し、寝室がいい……」

正常に収まりつつあった鼓動は、再度暴れだした。

手を繋ぎ、京平はわたしを廊下にあるドアのひとつに連れていく。寝室に入ったわたしの目にベッドが飛び込んできた。

京平の寝室はダブルベッドだけのシンプルなものだった。シーツの色は白。水色の夏用の掛け布団が足元に畳まれている。

わたしの心臓の暴れ方は尋常じゃなく、このまま京平に抱かれて大丈夫なのか心配なほどドクンドクンと脈打っている。

「花菜」

引き寄せられ、抱きしめられる。キスをしながら、京平はわたしのワンピースの後ろのファスナーを下げていく。

修一に触れられたとき、嫌な気持ちしかなかった。だけど、京平に触れられても恥ずかしい気持ちしかない。それと、怖さ……。

初めてだから、どうすればいいのかわからない。京平の服を脱がす……？　そ、そんなことできない。

わたしは両手で顔を隠した。その手が優しく下ろされる。

「全身が赤くなっている。色が白いんだな」

ブラジャーとショーツ姿になってしまい、京平の目に晒してしまっている。

「あまり……見ないで」

「クッ。見なきゃ愛せないだろ？」

愛……修一はそれをセックスって言ったっけ。愛していなくても、やっぱり京平は女心に敏感だ。

彼はわたしの後頭部を手のひらで包み込むようにして引き寄せると、キスをした。しだいにそれは濃厚なものになっていく。

「んんっ……ふ……」

口腔内を蹂躙していく京平のキスに、わたしは夢中になっていた。

絡み合う身体。京平は余すところなくわたしの身体を愛撫する。わたしは信じられないくらいの高みに持っていかれた。バージンの痛みもあったけれど、それよりも彼からもたらされる快楽に夢中になった。

そしていつしか、気怠い身体は眠りに引き込まれていった。

「――にい。飲ませ過ぎてしまったようで、今日は泊まらせて明日送っていきます」

京平が誰かと話をしている声に、わたしはゆっくり眠りから浮上する。

「ええ。明日、挨拶させていただきます」

わたしがハッとして身体を起こすと、ボクサーパンツだけ穿いた京平がベッドの端に腰かけてスマホを耳に当てていた。鍛えられている上半身を見てしまい、視線を逸らすべきか逸らさないべきか……。

薄掛けの布団を胸の位置まで上げながらわたしが起きたのを見て、彼は人差し指を自分の口に当てる。

しーっ……？

「では、失礼します」

京平は仕事の電話なのではないかと思うほど礼儀正しい口調で言ってから、通話を切った。

「お前の家に電話をしたんだ。無断外泊はまずいだろ？　お母さんと話したよ」

「あ……ありがとう。酔いつぶれちゃったことにしたんだね？」

さっきまで激しく愛されていたことを思い出してしまい、京平と視線を合わせられない。

「罪悪感はあるけどな。それと、結婚すると話した」

「えっ⁉」

もうお母さんに……？

「なに驚いてるんだよ。結婚するって言ってあっただろう？」

京平は端正な顔に笑みを浮かべて、わたしの髪に手を伸ばし、梳く。

「だって……あの、きょ、京平はわたしとの……エッチはよかった？　身体の相性は大事だから、よくなかったら――」

髪に触れていた指が、わたしの唇を優しく摘まむ。

「んーっ……」

「黙れよ。処女だったくせに露骨に聞くなよ」

処女ってわかったんだ……。

京平は唇を摘まんでいた指を離して、顔を近づけ、ちゅっとキスをする。

「よかったに決まってるだろ。正直タクシーで送っていくこともできるけど、お前を帰らせたくなかったんだ。まだ愛し足りない」

美麗な笑みを浮かべた京平は、驚きを隠せないわたしを優しくシーツの上に押し倒した。

翌朝、昨夜の食材の残りで簡単に作った朝食を食べてから、京平の車で成城に向かっていた。挨拶だからと、彼はきちんとスーツを着ている。パリッとした京平とわたしの服装は正反対で、昨日ハンガーにかけておかなかったワンピースは皺だらけ。部屋に行ってすぐに着替えなきゃ。

朝食のときのことを思い出し、顔が緩んでくる。京平はわたしが作った朝食を驚くほどの食欲で平らげた。そんな彼を見て幸せを感じる。この幸せは今まで生きてきた中で最高のもの。

そして京平を見ていると、抱かれたことを思い出してしまう。それも本当に満ち足りた時間だった。初めての経験で身体は痛かったけれど。

「俺、一度実家に行って話してくるから。十一時くらいにそっちへ行くよ。おばさんに伝えておいて」

「うん、わかった。わたしも着替えたいなって思っていたの」

そこで京平の自宅が見えてきた。わが家はその先。高宮家の敷地が広いから、うちは見えない。

高宮家の車庫のスペースは四台分。今そこには三台置かれている。京平は駐車スペースに愛車を停めてエンジンを切る。そこへ突然ぬっと、別の車の陰から高宮家と檜垣家の面々が現れ、クラッカーを鳴らした。パンパンパン！と、辺りにクラッカーの音が響く。

「なに、これ……」

驚いて腰を上げられないわたしは、唖然として呟く。

「本当にお祭り騒ぎが好きだな。俺たちの両親は」

京平は苦笑いを浮かべて車から降り、わたしも車外へ出た。そこへ二度目のクラッカーの嵐。六人が一斉にやるからものすごい音だ。ご近所さんが離れていてよかった。

「婚約おめでとう」

葉月がニヤニヤしながら祝福する。葉月の横に遼平もいる。葉月はわたしに抱きつき、耳元で「ちゃんとあとで話しなさいよ」と小声で言った。

「葉月……」

「花菜さんがお義姉さんになるのか〜。よろしく、お義姉さん」

遼平にも茶化され、わたしが引きつった笑みを浮かべると、京平がわたしのお父さんに近づき頭を下げる。

「あとで正式にご挨拶へ伺おうと――」

「いやいや。挨拶など、かまわんかまわん」

京平の肩を軽く叩いて、上機嫌なお父さんだ。

「めでたいですな。花菜ちゃん、京平を頼むよ」

パルフェ・ミューズ・ジャパンの社長である京平のお父さまがわたしに笑いかける。

「さあ、みなさんどうぞ、中へ入って。お祝いをしましょう。花菜ちゃん、京平、あなたたちが主役なんだから」

京平のお母さまがみんなに言い、わたしは着替えに戻れずにそのまま高宮家にお邪魔することになった。


高宮家へ入るのは何年ぶりだろうか。白壁の洋館で明るいサンテラスがあり、庭を見渡せる日当たりのいいそこに、シャンパンが用意されていた。

乾杯のあとは、結婚式場の話や孫の話にまで飛躍していく。

「花菜ちゃん、双子でも三つ子でも、どんどん生んでかまわないよ」

京平のお父さまは誰よりも早く孫を期待しているよう。双子は遺伝子的にあり得ることだ。

「父さん、かまわないよって、どういうことだよ。そんなに一気に赤ん坊が増えたら花菜が大変だろ」

わたしの隣で長い脚を組みながら座っている京平が、のんきな父親に呆れている。

「花菜ちゃんは仕事もできると聞いている。働きたかったら、子供は母さんたちが見るから好きにしなさい」

「確かに花菜は仕事ができるよ」

京平の隣に座っていたわたしは、その評価に驚いて目が大きくなる。

「京平？　わたしを認めてくれているの？」

「当たり前だろ。そうでなければ責任者に抜擢しない」

仕事ぶりをちゃんと見ていてくれたんだと、嬉しくなった。


休暇中、京平は実家に泊まることになった。両親たちが年内に結婚したほうがいいと勧め、急遽（きゅうきょ）式場を探すことになったから。

わたしはハイスピードの挙式に驚いたけれど、京平は結婚を決めたんだから早くてもいいと、協力的だ。

その夜、お風呂から上がって髪の毛を乾かしていると、葉月がニマニマしながら入ってきた。

「か〜な〜、返事もらえないーって、ウジウジしていたのに、いったいどうしたらこんな急展開になるの？」

葉月はいつものようにわたしのベッドに胡坐をかいて座る。わたしはドライヤーを止めて、葉月の横にポスンと腰を下ろす。

葉月に隠し事はできないけれど、エッチしたことは話しづらくて、ここはごまかしたい。

「会社で仕事をしていたら、京平が現れて食事をすることになったの。とりあえず車をマンションに置きに……ってところで、おばさまが嘆いていた京平の食生活を思い出して、夕食を作る流れに……」

「うんうん。それでそれで？　花菜は料理上手だからね～」

葉月はその先が知りたくて身を乗り出し、わたしを好奇心たっぷりのキラキラした目で見つめる。

「金目鯛の煮つけとか、いんげんの胡麻和えとかを、冷酒を飲みながら食べて――」

「初エッチはどうだった？」

突然の葉月の突っ込みに、言葉を失う。

「隠さなくてもいいでしょ？　わたしたちは双子よ。それに二十六歳のいい年なんだから、なにかないってほうがおかしいでしょ？　結婚するんだし」

葉月はにっこり笑う。

「な、なんで急にそういう……展開を想像するの？」

わたしの戸惑う顔に、フフッと笑った葉月の指が伸びてきて、キャミソールから覗く胸の上辺りに触れた。触れるというより、押した感じで。

「だって、キスマークがあるでしょ？　そんなエッチなところにキスしておいて、最後までいかないのは男としてどうかと思うよ」

ハッとして、俯いて葉月が触れたところを見ると、虫に刺されたように赤くなっていた。

「あと、ここと、ここにも」

葉月は楽しそうに笑いながら、首筋とショートパンツから覗く太ももの内側を指摘した。わたしはもう完全に赤面だ。

「花菜ったら、可愛過ぎるぅ～」

葉月はなにも言えないわたしの頭を抱きかかえた。ひとしきり揉みくちゃにされて、放されたときにはブローした髪の毛がぐちゃぐちゃになっていた。

「そんな予感がしていたんだよね。京平、なにも言っていなかった？　花菜は出社しているって、わたしが教えたんだよ」

「えっ？　それって本当？」

「本当よ。花菜はどこにいるかって電話があったの」

　葉月は真剣な顔で答える。

「だって、休暇中に読んでおく書類を取りに来たって……」

「そんなの適当に作った理由に決まってるじゃん。電話をしてきた時点で、花菜と結婚を決めたんだなって思ったわ。女の勘って鋭いよね～」

　葉月は喜んでいるけれど、わたしは複雑な気持ちだった。

　京平が結婚を承諾するつもりだったなら、自分からエッチしようって言わなきゃよかった……。

　自己嫌悪に陥り、枕に突っ伏す。

「どうしたの？　で、初体験はどうだったの？」

　まるで女子高生の会話みたいだ。

「もちろん京平はうまかったよね？　下手なんて考えられないわ」

　枕から顔を上げないわたしの背中を、葉月がトントン叩く。

「……そんなのわからないよ」

「花菜、なんで落ち込んでいるの？」

京平が結婚を承諾したときの言葉を思い出して、ため息をつきながら葉月に話す。

「京平には、『俺も惹かれる女に幻滅ばかりする恋愛をしてきた。だから、小さい頃から知っているお前との結婚はうまくいきそうだ』って言われたの」

「そんなこと言われたの？　でも、花菜を好きじゃなかったら結婚はしないって。大丈夫！　花菜の手料理で胃袋掴んで、そのエッチな身体で京平を虜にしたんだって！」

「まだ掴んでないよ……」

わたしは顔を上げて、大きく頭を左右に振った。

「じゃあ、そうなるように花菜は足しげくマンションに通えばいいよ。婚約したんだし、お父さんたちも孫が早く見たいって言うくらいだから、外泊だってＯＫじゃない。頑張るんだよ！　じゃあ、おやすみ」

葉月はわたしを励ますように言って、部屋を出ていった。

彼女の言うとおり、胃袋と……身体は虜にさせるほどの魅力がないし、経験もないから、手料理を頑張ろう。

翌日の午後、エンゲージリングを買いに、京平はわたしを銀座に連れていった。

驚くことに、予約をしないと入れない最高級ブランド店の指輪を選んでくれた。

通常のエンゲージリングとひと桁以上違う価格に、驚きを隠せない。京平の財政状況なんてまったく気にしていなかったけれど、やっぱり大会社の御曹司なんだと実感する。

指輪の購入後、日比谷(ひびや)の最高級ホテルを二件ほど回り、式場のパンフレットをもらってホテルを出ようとすると、夕食はここのホテルのフレンチを予約しているのだと、また驚かされた。

食事をしながらのウイットに富んだ京平の会話は楽しい。留学時の話も聞いたことがなかったから、いろいろ尋ねてしまう。

つくづく、京平は女性の気持ちを上げるすべを知っているんだなと思う。これで本当にわたしが愛されていたら、天にも昇る幸せな気分になるのに……。

「――菜？　花菜？」

「えっ⁉　あ、な、なに？」

「アイスが溶けてるぞ。もう食べられない？」

手元のデザートの皿を見ると、チョコレートソースがかかっているアイスの形がなくなってきていた。まだひと口も食べていないのに……。

「ううん。食べるよ」

デザートのスプーンを手にして、溶けかけたアイスクリームをすくって口に運ぶ。

口の中に甘いバニラの味とチョコレートが広がる。

車を運転する京平は、ブラックコーヒーを飲んでいた。


自宅前に車が停められた。

「京平、今日はありがとう」

愛し合っているふたりなら、きっとここでキスを交わすんだろうなと思いながら、
京平のほうを向いてお礼を言ってドアを開けようとした。

「花菜、ちょっと待って！」

彼は後部座席から、先ほど買ったエンゲージリングと、ホテルを出るときにコンシェルジュから受け取った抱えるほどの大きな箱を開けて、真紅のバラの花を手にする。それから有名宝石店の小さな箱を開けて、暗闇でも光を放つダイヤモンドのエンゲージリングを出した。

「花菜、これからよろしく」

いつものように爽やかな声色で口角を少し上げた京平は、わたしの左手を持ち上げ、

薬指に高価なエンゲージリングを嵌めた。そして何本あるのかわからないほど大きな真紅のバラの花束も渡してくれて、わたしはビロードのような花びらに指先を滑らす。

「……京平、ありがとう……こんなにまでしてもらって……感謝してる」

愛のない結婚なのだから、ここまで高い指輪やバラの花束の演出をする必要はないと思う。だけど、京平はしてくれた。悲しいのか嬉しいのかわからなくて、目頭が熱くなった。

「感謝なんてしなくていいよ。当然のことをしているだけだ。明日は用事があって会えないが、明後日ここから出勤するから、車で一緒に行こう」

京平は優しい笑みを浮かべ、わたしの後頭部に手を置いて引き寄せると唇を重ねた。

どうして、こんなふうにキスするの……？

まるで本当に愛されているようなキスに、困惑するわたしだった。


京平と別れて家に入り、リビングに顔を出すと、両親がいた。

「ただいま」

「花菜、あら！　あら！　すごく素敵なバラの花束じゃない！　こんな見事な花束を見たのは、ずいぶん久しぶりよ」

お母さんはわたしが抱えているバラの花束に感動している。

「あと、指輪をもらったの」

手にぶら下がっている夢の高級宝石店のショッパーに、お母さんは目を丸くした。

「すごいじゃないっ！　さすが高宮家だわね。あなた、見て！」

テーブルにバラの花束を置いたわたしの左の薬指を食い入るように見るお母さんは、ソファに座っているお父さんを呼ぶ。

「ブランドには興味がないよ。でも、すごいじゃないか。そこの指輪を婚約指輪に選ぶとは。さすが京平くんだ」

お父さんは満足げに頷く。

「葉月にも結婚相手は選ばなきゃダメよって言わなきゃ。花菜も言っておきなさいね」

確かに、経済的に困らない人と結婚すれば、あくせく働かず楽な生活が送れるのかもしれない。でも、一番は愛だと思う。

とはいえ、京平に愛がなくたって、わたしにはある。好きな人と一緒にいられるのなら、耐えられる。

第五章　独占欲と京平の告白

お盆明けの朝、待ち合わせの七時半に家を出ると、京平の車が車庫から出るところだった。車はそのままゆっくりと、わたしの前で停止する。

助手席のドアを開けて「おはよう」と言いながら乗り込む。

「おはよう」

今日の京平はビジネスモードで、スッキリしたグレーのサマースーツにピンク色のペーズリー柄のネクタイをしている。わたしの服装は水色の半袖ブラウスに白のサブリナパンツ。八センチのパンプスを履いている。

シートベルトを装着すると、車が動きだす。

赤信号で停車させ、改めて京平がわたしのほうを向いて不機嫌そうに口を開く。

「お前、指輪は?」

「えっ?　指輪……?」

京平の目が、バッグを持っているわたしの左手を注視している。

「婚約指輪だよ」

「あ、あんなに高価なの、仕事中は身につけられないよ」

万が一、なくしたらと思うと怖くて箱に入れてしまってきた。それにエンゲージリングを嵌めて行ったら、相手がどんな人なのか聞かれるに違いない。婚約者がわが社の専務取締役である高宮京平だと話すのは、躊躇(ためら)われる。

「そんなことを言ってたら、いつ嵌めるんだよ」

信号が青になり、京平は軽くアクセルを踏む。そんな彼のほうを見ながら、わたしは口を開く。

「いきなりわたしが専務と婚約したなんて、口にできないよ。いろいろ詮索されそうで……それに、今回の広報責任者の件、だから抜擢されたんだって思われたくないの」

「お前の言い分はよくわかった。そっちの懸念はあるな。婚約発表は新作のプロモーションが始まってからにしよう。父さんにも口止めしておく。放っておくと、あちこちに言いふらされそうだからな」

京平は真剣な表情で頷いてから、父親のことを考えたのか、フッと笑みを漏らした。

「うん。京平、ありがとう。だから、ひと駅前で降ろしてもらえる？」

一緒に出社したら、噂になりかねない。今日はうっかり車に乗ってしまい、ちょっと安易だったなと思っていた。でも、京平と一緒にいたい気持ちがあって、そんなことは考えつかなかったのだけど。

京平は前を見据えたまま、形のいい唇から深いため息を漏らす。

「そんな面倒なことできるか。車を使うのは重役クラスしかいない。だから地下駐車場で降りても問題ない」

その言葉に、降ろしてと強く言えなかった。仕方ない。さっきは京平が折れてくれたんだから、わたしが譲歩しよう。

「わかった。車を降りたら、京平が先に行ってね」

いくらなんでも地下駐車場階から一緒のエレベーターには乗れないし。

「OK。これからの予定だけど、平日は式場回りできないだろ。土日は空けておけよ」

そうだった。式場選びに頭が痛い。来年なら日にちを選べる余地があるけれど、年内は探すのに苦労しそうだった。

「それから……」

「まだなにかあるの……？」

首を傾げて、京平を見る。

「そんな高いヒールはやめろよ。怪我をする。お前はどうやったって、葉月にはなれないんだからな」

京平のぞんざいな物言いに、わたしはムッとする。

「変なこと言わないでっ！　わたしは葉月になろうなんて、これっぽっちも思っていないんだから。単なるファッションです」

頻繁に葉月を引き合いに出すの、やめてほしい……。

そのとき、わたしはハッとする。

葉月とお見合いをしていたら……京平は……葉月と結婚……してた？


顔見知りに会うこともなく広報室に入ったわたしは、先ほどの考えが頭の中を占めていた。

葉月と京平は顔を合わせるたび口喧嘩になっていた。そんな態度になってしまうのは好きの裏返し？

「おはようございます。檜垣さん、サンプルが届きましたよ」

デスクに着いたわたしのところへ、森下さんがやってくる。

今は葉月と京平のこと、考えていられない。

京平のことは頭の片隅に押しやり、森下さんを見る。

「おはようございます。美容ライターをリストアップしたんです。メールで送るので、印刷して、真鍋くんとサンプルを送る作業をしてくれますか？」

「はい。わかりました！」

森下さんが笑顔で自分のデスクに戻っていくと、わたしは急いでパソコンを起ち上げた。

届いた新作ファンデのサンプルを丁寧にパッキンで包み、梱包し、挨拶文の入った手紙などを入れて送る、神経を使う作業だ。

一段落し、休憩室に置いてある無料のペットボトルのお茶をひと口飲んで、パソコンに向かったとき、わたしの横に佐々木部長が立った。

「檜垣さん、どうだ？　順調か？」

「はい、佐々木部長。順調にいっていると思います」

わたしは慌てて立ち上がって、報告する。

「休日出勤もご苦労だった」

「いえ、一日で済みましたので」

「期待しているよ」

佐々木部長は口元を緩ませながらそう言って、広報室を出ていった。

「花菜、来年は主任になるかもしれないわね」

知世がニコニコしながら首を伸ばして話す。

「そんなことないよ」

仕事は楽しいけれど、京平のお父さまの言うとおり、子供も欲しい。京平がどう思っているのかもわからない。まだこの先の未来設計が考えられないわたしだ。

「そうかな〜。佐々木部長、期待を込めていたよ」

「今与えられた仕事を頑張るのみ！　仕事仕事！」

わたしの気合の入りように「はい、はい」と笑って知世は仕事に戻った。


その週の金曜日の午後、菅野部長を含めたブランドプロモーション部の担当者と広報室の三人でミーティングがあった。

七階の会議室でプロモーションビデオの説明を受けながら、今後の展開をどう進めていくか決めていく。ＣＭは九月中旬から始まる。

一時間のミーティング後、広報室の三人でエレベーターに向かっていると、背後から菅野部長に呼び止められる。

「檜垣さん」

「菅野部長、なにか忘れたことでも……」

ちょうどエレベーターが上がってきて、扉が開く。

「あ、森下さん、真鍋くん、先に戻ってて」

彼らは菅野部長とわたしに軽く頭を下げて、エレベーターで戻っていった。

「今日、空いている？　プロモに出演したモデルと関係者たちのちょっとしたパーティーがあるんだ」

「ちょっとしたパーティー、ですか……？」

「麻布の隠れ家的な一軒家っていうの？　そこのパーティールームで打ち上げだから、今行ったふたりも来られるようなら全然ＯＫだよ」

菅野部長はパーティー会場のショップカードをわたしに渡す。

麻布なら京平のマンションに近そう……。

「さっき誘えばよかったんだが、つい忘れてしまってね。二十時からだから」

これはパーティーだけど、打ち上げって言っていたし仕事だよね。

「わかりました。参加させていただきます。ふたりにも聞いてお伺いします」

「よかった！　きっと楽しめると思うよ。じゃ、お疲れ！」

菅野部長は魅力的な笑みを浮かべて、先ほどの会議室に戻っていった。

終業後、わたしと真鍋くんはパーティー会場の麻布に向かっている。森下さんは用事があって参加できず、もっと早く知っていればと残念そうだった。

「檜垣さん、俺、打ち上げパーティーへ行くの、初めてですよ」

「わたしも初めてよ」

地下鉄に乗って、麻布十番駅で降りる。ここは芸能人をよく見かけると言われている地域。

「沙織さんが来るんですよね？」

今回のモデルの沙織さんは、葉月の事務所の先輩だ。葉月は彼女を目標としていて、いつか沙織さんを超えたいと思っている。

「もちろん来るでしょう。彼女が主役なんだから」

「俺、めっちゃ楽しみですよ。お誘いありがとうございました！」

湿度の高い真夏の夜で、隣を歩く真鍋くんはタオル地のハンカチで噴き出す汗を拭きながら歩いている。

「誘ってくれたのは菅野部長よ」

「菅野部長って格好いいですよね。俺の憧れの人です。女性にも人気がありますよね」

「確かに仕事も有能であのルックスだから、女性社員たちも菅野部長と食事をしたいっていう人が列をなしているって聞くわ」

京平がいなかったら菅野部長に惹かれていた？　ううん。菅野部長はわたしの好みじゃない。

今週はお盆明けの火曜日に京平の車で出社してから、彼に会っていないし、電話もしていない。明日は会う約束だから、ようやく会えるといったところだ。

早く会いたい……。

十分ほど歩いて、ショップカードの写真と同じ一軒家を見つけた。家の前にはパーキングスペースが五台分あり、その奥に白亜の二階建ての家があった。

時刻は十九時五十分で、誘われた時刻より十分早いが、賑やかな声が聞こえてきて打ち上げは始まっているようだ。

「うわっ、楽しそうですね」

「行きましょう」

わたしたちは門を開けて中へ入った。

「おっ！　来たね！　お疲れさま」

菅野部長が、フロアに姿を現したわたしたちにすぐ気づき、こちらへやってきた。

スーツのジャケットは脱いでおり、薄紫色のネクタイも緩められている。

部屋は三十畳ほどあって、窓が開放され、驚くことに庭には十メートル四方くらいのプールと円形のジャグジーがあった。そのジャグジーに、ナイスバディの三人のモデルたちが水着で入っている。

都心にこんな場所があったとは……。

ここの建物の豪華さに舌を巻いてしまう。ここなら業界人が貸し切るわけだわ、と納得だ。

部屋の中にはブランドプロモーション部の人や、顔だけ知っている他の部署の人、あとはモデル関係のマネージャーだろうか、全部で十五人ほどいた。

「なにを飲む？　ビール？　ワイン？　あ、檜垣さんはお酒弱いんだったね」

萓野部長はバーカウンターを手で指し示す。

「すみません。ジュースを……」

仕事の一環で来ているので、酔っぱらってしまうわけにはいかない。

そこで辺りを見回していた真鍋くんが口を開く。

「萓野部長、沙織さんはいらっしゃるんですか？」

目当ての人がいないのを見て、真鍋くんは萓野部長に期待を込めた目で聞いた。

「もちろん来るよ。今、高宮専務とふたりだけでディナーを楽しんでいるんじゃないかな」

菅野部長は上機嫌にオレンジジュースをグラスに注ぎながら、そう口にした。

えっ……？

わたしは耳を疑った。

今、京平と沙織さんが食事を楽しんでいる……？

「うわー、高宮専務、いいな～」

茫然とするわたしの隣で真鍋くんが羨ましそうだ。

「だよな～。専務の特権ってやつ？　まあ、イケメンだから、専務の肩書がなくても女性から寄ってくるんだけどね」

「高宮専務はなにもかも持っていますからね～。本当に羨ましいです」

わたしはふたりの会話に入るどころじゃなかった。頭がうまく働かなくて、受け取ったグラスを持つ手が小刻みに震えている。

「ここだけの話、沙織は高宮専務の恋人らしいよ」

菅野部長は口元に手をやって、小さな声で衝撃的な暴露をした。

ふたりが……恋人同士……？

頭をガツンと殴られたような感覚に陥り、オレンジジュースのグラスを持っていられなかった。

カウンターに思ったより強く置いてしまうと、ふたりの目がわたしを見る。

「す、すみません……ちょっと立ちくらみが……」

本当に眩暈のような感覚だった。頭がクラクラしている。

「檜垣さん、大丈夫かい？　座ったほうがいい」

菅野部長はわたしの肩を支えながら、そこにあるひとりがけのソファに座らせてくれる。

「ありがとうございます……」

座ってホッとしたけれど、これから京平が沙織さんと一緒に来るところを見ていたくない。早くここを出なきゃ。

「水を飲んだほうがいい。顔色が悪いし、手が震えていないか？　もしかしたら熱中症ってこともあり得るな」

菅野部長は水の入ったグラスをわたしの手に持たせながらも、一緒に口まで持ってきてくれる。

――コクッ……。

生ぬるい水が喉を通っていく。

「檜垣さん、気分は悪くないですか?」

真鍋くんも心配そうにしゃがんで、わたしの目線で窺う。

「ごめんなさい……眩暈はなくなったようなので、申し訳ないのですが帰ります」

「今の状態じゃ、ひとりで帰らせられないな」

「そうですよ。俺が送っていきますよ。確か成城でしたよね?」

菅野部長に賛同した真鍋くんがそう言ってくれるけれど、ひとりになりたかった。

「本当に帰れるから。真鍋くんは沙織さんに会いたいんでしょう?」

「檜垣さん……」

そう言われると、沙織さんに会いたかったのを思い出して迷った様子。

「俺もここを離れられないしな……」

菅野部長は腕組みをして、眉根を寄せる。

「タク――」

タクシーで帰ると口を開きかけたとき――。

「どうしたんだ?」

菅野部長の背後に京平が立っていた。そして美しい沙織さんも隣にいた。わたしは肩が触れ合いそうなくらいの位置にいるふたりを見ていられず、視線を伏せる。

「高宮専務、お疲れさまです。檜垣さんが急に立ちくらみを。休ませていたんです」

菅野部長が説明すると、京平はソファに座るわたしにつかつか近づいて目の前で片膝をつく。

「顔色が悪いな」

京平はわたしの額に手を置いた。

「……っ！」

わたしたちが幼なじみだということは、ここにいる全員が知らない。こんな親しげな行動をされたら、みんなが驚いてしまうのに。それに、こうなった原因は京平。

「た、高宮専務、もう治りましたから。申し訳ありませんがこれで帰宅します」

わたしは困惑しながら、ソファから立ち上がった。そこで口を開いたのは菅野部長。

「高宮専務がいるから、俺が車で送っていこう。高宮専務、彼女を送ったら戻ってきます」

打ち上げの責任者の菅野部長は、アルコールを飲んでいないようだ。

「い、いえ！　大丈夫ですからっ」

首を横に振ると、再び眩暈に襲われた。

わたし、どうしちゃったんだろう……。

「いや、俺が彼女を送る」

「えっ⁉」

京平の言葉に驚きの声を上げたのは、沙織さんだった。もちろんわたしもみんなの前で言われてびっくりしている。

沙織さんを見ると、その美しい顔が困惑したように彼に向けられている。

そんな視線に気づかないのか、京平はわたしのバッグを左手に持ち、心配そうな眼差しをこちらに向ける。

「行くぞ」

「あ、あの……」

京平はわたしの肩を支えるようにして、出口に向かって歩き始めた。

沙織さんを置いてきていいの……？

京平に肩を抱かれながら、複雑な思いで心の中で問いかけていた。

門扉を出たところのパーキングスペースに、京平の車があった。

「ひ、ひとりで帰れるから」

車のロックを解除した京平は、助手席のドアを開けてわたしの言葉を無視して座らせる。それから身体の半分を入れて、シートベルトをカチッと締める。強引に座らされたわたしは、知らない香水の香りに気づいた。

　これは沙織さんの……。

　京平は運転席に座り、エンジンをかけた。

「京平、大丈夫だから」

「眩暈がしてるんだろ。目をつぶって黙ってろ」

　ちょっと厳しく聞こえる京平の声。わたしに有無を言わせないようにしているのだと思う。けれど、黙っていられなくて口を開く。

「でも、専務の立場で一介の社員を送るなんて……」

　上体を起こして京平のほうへ身体を傾ける。

「黙らないとキスするぞ」

　イラッとした声のあとに、手が伸びてきて額に触れたかと思ったら、座席まで押される。

　車が動きだし、わたしは仕方なく目を閉じた。

　それからものの十分とかからず、車が停まった。

　目を開けてみると、成城の自宅ではなく、京平の麻布のマンションの地下駐車場だった。

「少し様子を見て、治らないようだったら病院へ行こう」

京平はエンジンを止めて、車の外に出てこちらへ回ってくる。助手席側のドアが開き、わたしが車から出るのを手伝ってくれた。

わたしのバッグは京平が持ってくれている。先ほどよりは体調がよくなっていた。

リビングのソファへ行くのかと思いきや、京平はその手前の寝室のドアを開けてベッドに座らせる。

「もう平気だから」

「今週ずっと遅かったんだろう？　疲れだろうな」

心配してくれているのはわかるけれど、沙織さんは京平の恋人らしい、と言った菅野部長の言葉が尾を引いて、素直に甘えられない。

「夕食は食べたのか？」

「あ……まだ……」

わたしは服の上からお腹に手を当てる。

そういえば、お昼はベーグルサンドをひとつ食べただけだった。立ちくらみはそのせい……？

ううん。京平と沙織さんのことがショックだった。それは間違いない。

「少しここで休ませてもらってから勝手に帰るから、京平は打ち上げに戻って」

「別に戻らなくても問題ない。なにが食べたい？」

「京平……」

いくら言っても願いは聞き届けられないようだ。仕方ない……。

「……さっぱりしたのがいい」

「さっぱりか……じゃあ寿司にしよう。電話してくるから、届くまで横になってろよ」

京平は寝室を出ていった。

ひとりになったわたしはゴロンとベッドに横になり、京平のことを考えた。

沙織さんと付き合っているという噂が気になっていた。もしも沙織さんのように誰もが羨む美しい恋人がいるなら、どうしてわたしと結婚を決めたの……？

京平のベッドにいると、愛されたときのことを思い出してしまう。


「花菜、起きろよ」

軽く揺さぶられ、わたしはゆっくり目を開けた。自宅で寝ているような錯覚をして、目の前にいる京平を見てハッとする。

「ごめん！　寝ちゃった」

「なんで謝るんだよ。寝てていいんだよ」

京平はわたしを見て笑う。

「一時間くらい寝ていたよ。眩暈は？」

「ううん……治ったみたい。一時間も寝ちゃってたんだ」

ベッドサイドのテーブルの上の時計に視線を向けると、二十二時近い。

「リビングに寿司がある。食べよう」

わたしは京平のあとについて、リビングへ足を進める。ローテーブルの上に美味しそうな二人前のお寿司があった。

「京平も食べるの？」

沙織さんと食事をしてきたはずなのに。

喉まで出かかったけれど、その言葉を呑み込む。

「ああ。どうして？」

ラグの上に胡坐をかいて座った京平は、目の前に腰を下ろしたわたしを不思議そうに見る。

「さっき、食事してきたん……じゃ……？」

「あれは、食べたうちに入らないな。ほら、食べろよ」

艶やかなネタは新鮮そうで、とても美味しそうなお寿司だった。もちろん京平が頼んだのだから一流の寿司店のものだろう。

食事をしてきたという京平と沙織さんのことが気になっていたわたしに、彼はもう一度「早く食べろ」と言った。

「……いただきます」

イクラの軍艦巻きを口にしたわたしは、その美味しさに蕩けそうになる。

「んー、新鮮っ！」

そんなわたしに京平が笑う。

「お前、イクラから食べるところ、変わってないな」

「だって、葉月と好きなものが一緒だから取られないうちにっていうのが、癖になっちゃって……」

次のお寿司を口にしたとき、どこかでスマホが鳴った。

京平がポケットからスマホを取り出して、かけてきた相手を見てため息を漏らしてから出る。

「高宮です……ああ、送り届けた。いや、自宅にいる」

相手は誰……？

会話が気になりながら、わたしはそんな素振りを見せないようにして甘海老(あまえび)のにぎりを口に運ぶ。

電話を終わらせた京平は、スマホをローテーブルの上に置いた。

「お前、菅野と親しくなったみたいだな」

さっきは機嫌がよかったのに、今は口元を歪めている京平。

「そんなに親しいわけじゃないよ」

「俺があのとき、『送る』と言わなかったら、菅野が送っていただろう。お前もそうしてもらいたがっていただろ？　今の電話でも心配していたぞ」

京平の言いたいことがわからなくて、首を傾げて彼を見つめる。

「送ってもらっていたらダメだったの？」

わたしはひとりで帰るって言っていたのに、送ってもらいたがっていたなんて、変なこと言わないでほしい。それに自分だって沙織さんと食事をしたくせに。

ん？　なんかズレちゃってる？　沙織さんは京平の恋人なのかもしれないことが抜けていた。

「あいつの女食い、知ってるだろ？」

呼び方が『菅野』から『あいつ』に変わっている。

「あいつは仕事はできるが、女にだらしないんだ。送ってもらうついでに食われたらどうするんだ」

「く、食われたらって、そんなこと絶対にさせるわけないでしょ！　それに、いくらなんでも病人に手を出すわけないよ」

いきなり京平は立ち上がって、わたしのほうへやってきた。

なんなのよ、と困惑顔で彼を見つめていると、両肩を掴まれて、その場に押し倒されて唇を重ねられていた。

「んんんっ……」

怒りに任せたような乱暴なキスが嫌で逃げようとするも、京平の力には敵わない。

京平は巧みにわたしの唇を開かせて歯列を割り、舌が絡む濃厚なキスをする。

そしてキスは突然終わる。だけど、わたしの頭の横に両手を置いた京平はどかない。

今のキスで息が上がっているわたしを見つめる。

「女なんて非力なんだよ。男が本気になったら、簡単に食えるんだよ」

「く、食う、食うって、わたしは食べ物じゃないんだからっ！」

身動きが取れなくて言葉だけは強く言うと、フン、と鼻で笑われる。それから京平はゆっくり身体を起こし、先ほどまで座っていた場所に戻っていく。

余裕の後ろ姿に、わたしはバカみたいに見とれてしまい、ハッとなって身体を起こすわたしだ。

「早く食べろよ。送っていく」

送っていくと言われて、さっきまでの淡い期待がシュンとしぼんだ。まだまだ一緒にいたかった。その想いに、つくづくわたしは京平が好きなんだと自覚した。

翌日の午後、これから京平と出かける支度をしていたわたしの耳にインターホンの鳴る音が聞こえた。

京平？　まだ約束の時間には一時間も早い。

服も着て、メイクも済ませて準備万端のわたしだけど。そこへ、階下からお母さんのわたしを呼ぶ声が。

やっぱり京平だ。昨晩送ってもらった車から降りるとき、『明日はゆっくり寝てろよ。十四時に迎えに行く』って言ったのに。

葉月からもらった真紅のお財布バッグを持って、鮮やかなブルーのフレアスカートの裾をひるがえし、階下に下りていく。

玄関で待っていると思われた京平はいない。お母さんに上がるように引き込まれたのかな。

わたしはリビングに足を進めた。しかしそこにも京平はおらず、ソファに座っていたのは彼のお母さまだった。

「花菜ちゃん、お見合いからもっと綺麗になったみたいよ。本当にいいお嬢さんになったこと」

「おばさま、こんにちは」

京平ではなかったことに内心驚きながら、対面のソファに座る。お母さんはお茶の用意をしていた。

京平と婚約して、わたしはそんなに変わった？　おばさまのお世辞だろう。

「これから京平と式場探しよね？」

「はい。あと一時間くらいで迎えに来てくれるかと……」

「実はね、わたしも式場を探してみたの。年内だといいところが空いていないでしょう？」

京平のお母さまは、膝の上に置いていたホテルのパンフレットをわたしに差し出す。

そのパンフレットは都心の最高級ホテルのもので、結婚式の費用はかなりお高い。

「ここの社長さんと知り合いでね、年内は難しいって言われたんだけど、一月十日の日曜日なら都合をつけてくれると言うのよ。花菜ちゃん、どうかしら?」

そこへお母さんが冷茶と水ようかんを持ってきた。

「まあ! そのホテルなら最高の結婚式になるわね。さすが美和さんだわ。楽しみで仕方ないわ」

美和は京平のお母さまの名前。ふたりは『美和さん』『晶子さん』と名前で呼び合っている。

お母さんは喜びを隠せない様子で、トレーを抱えたままわたしの隣に座る。

結婚式の費用は自分で、と思っていた。だから費用のバカ高い最高級のホテルを紹介されて、一月十日が大丈夫でも、わたし的には素直に喜べない。

「……おばさま、式場は嬉しいんですが……ここはお高いのでは……」

全貯金を使ったら、結婚後の生活にも関わってくる。パルフェ・ミューズ・ジャパンのお給料はそれなりにいいけれど。

「花菜ちゃん、結婚式の費用は気にしないでいいのよ。花菜ちゃんがお嫁さんに来てくれるだけで、わたしも主人も幸せなんだから」

「花菜、お母さんもあなたが京平くんと結婚してくれるのが嬉しいの。費用のことはわたしたちに任せなさい」

これって、めちゃくちゃ幸せな展開だよね。嫁ぎ先の両親に喜ばれるお嫁さん。そんな関係、恵まれていると感じる。しかも費用は親が負担してくれる。甘え過ぎていると思うけど……。

「これから京平が来るので、聞いてみますね」

京平はどんな反応をするか……自立心の塊のような彼だから……。

お母さんたちが結婚の話題に花を咲かせていた三十分後、インターホンが鳴った。わたしは即座に立ち上がって、玄関に向かう。

ドアを開けると、白いサマージャケットにビンテージ物のジーンズ姿の京平が立っていた。スーツ姿も好きだけど、こういったラフな格好も見とれてしまいそうになる。

「京平、お母さまがいらしているの」

「母さんが？」

「うん。式場で取れるところがあるって。上がって」

わたしはスリッパを出して、京平に上がってもらった。

リビングに京平を案内したところで、お母さんが一オクターブ高い声で出迎える。

「京平くん、いらっしゃい。外は暑かったでしょ。座って冷たいお茶を飲みなさいな」

さっきまでわたしの隣に座っていたお母さんは、京平のお母さまの隣に座っている。

「こんにちは。いただきます」

京平は小さく頭を下げてからソファに座った。

「式場を見つけたって?」

目の前に座る自分の母親に話しかける京平。

「そうなのよ。京平、年内の結婚式場探しは大変だって言っていたでしょう? 南田(みなみだ)さんのところにちょっと電話をしてみたら、年内は無理だけど、一月十日なら空いているとおっしゃってくださったのよ」

「ああ……南田社長か……俺もこのホテルのブライダル課に電話をしてみたんだけど、一年先までいっぱいだと言われたんだ。コネは使いたくなかったんだが、どこも空いていないしな……」

京平が電話でも結婚式場を当たってくれていたと知って、わたしは驚きを隠せない。

わたしとの結婚、仕方なしに……じゃないの……?

「――菜、このホテルでいいか?」

ハッと我に返ると、考え事にふけっていたわたしの顔を京平が覗き込んでいた。

「えっ？　う、うん」

「お前、聞いていなかっただろ」

京平は口元に笑みを浮かべて、わたしの頭を軽く突っつく。

「ごめん。でもだいたいは……京平、結婚式場、当たってくれていたんだね」

「まあな」

「さすが、京平くんだわ～」

お母さんはさらに笑みを深めて京平を見ている。

「京平ったら、コネは使わなくちゃ。こんな大事なときに使わないで、いつ使うのよ」

彼のお母さまは少し歯がゆいらしい。

「さっそく下見に行ってきなさいな」

「そうだな。決めることもいっぱいあるだろうし」

京平がソファから立ち上がったのを見て、わたしも慌てて腰を上げた。

「いってらっしゃい」

母親たちに見送られて、わたしたちは家をあとにした。

都心の一等地にある最高級ホテルのブライダルスタッフと打ち合わせをして、やはり結婚式の準備は大変なんだと痛感した。

招待状や料理、映像や音楽など、決めることがたくさんある。京平は多忙だし、もちろんわたしも。

ホテルは文句なく素晴らしかった。ブルーを基調にした美しいチャペルだったし、披露宴会場もホテルの庭園が見渡せる素敵な場所だった。

でも、ここは愛し合うカップルが結婚式を挙げる最高の場所……。わたしはここで京平と夫婦になれたら嬉しいけど……。

休日なので嵌めている左手薬指のエンゲージリングを見て、運転中の京平にわからないように小さくため息をつく。

夏の夕方の外はまだ明るいけれど、もう十八時を回っていた。

「それって、お腹が空いたから？　それともまだ体調悪い？」

わからないように吐いた息が、京平に聞こえてしまっていた。

「え？　う、ううん……体調は大丈夫。お腹空いたなって」

「あと十分くらいで着くから」

京平が選んだ夕食は、芸能人がよくお忍びで食べに来るという有名な炭火焼き肉店だった。京平のマンションからもそう遠くないところ。

駐車場で降りると、早くもお肉を焼いているなんとも言えない食欲をそそるにおいが店から漂ってきた。

たくさん食べちゃいそう……。

「ほら、行くぞ」

京平が店の入口に足を進めていた。わたしが隣に来るのを待って、京平は引き戸を開けた。

「いらっしゃいませ！」

若い店員の男の子が、元気よくわたしたちを出迎える。

「予約した高宮です」

「はい！　承っております。こちらへどうぞ」

店員が席に案内しようとしたとき――。

「高宮さんっ！」

京平を呼ぶ声がした。

店員の先に、驚くことに沙織さんと、三十代後半とおぼしき女性がいた。沙織さんはびっくりしたように、綺麗にメイクされた目を真ん丸くさせている。そしてもっと驚いたのは、沙織さんの後ろから少し遅れて登場した葉月だ。

「沙織さん？　坂下マネージャー？　あ！　花菜っ」

葉月が沙織さんの横に並んで、わたしたちににっこり笑う。

「花菜、すっごい偶然ねぇ。これから？」

「うん。葉月は――」

「葉月さん、こちらの女性とお知り合いなの？」

沙織さんが京平からわたしに視線を移し、怪訝そうに見据えながら、葉月に向かって口を開く。

「あ、はい。紹介します。わたしの双子の姉の花菜です」

にっこり笑みを浮かべた葉月は、わたしを沙織さんに紹介した。

「檜垣花菜です。妹がお世話になっております」

「双子……？　全然似ていないのね」

沙織さんがわたしと葉月を不思議そうに見比べているところに、京平が口を開いた。

「花菜、店員が待っている。行こう。では失礼します」

わたしは沙織さんに頭を軽く下げ、葉月には「じゃあね」と言って、先に歩きだした後ろ姿を追った。

京平は沙織さんに対して親しい素振りも見せず、なんだか変な雰囲気だった。沙織さんとの関係を知られたくなくて、話を中断させたの……？　やっぱり恋人なの？

店員に案内されたのは個室だった。

席に着いてもなんだか居心地が悪い。沙織さんと会うまではいい雰囲気だったのに。でも、居心地が悪いと思っているのはわたしだけ？

京平はメニューをわたしに見せながら「なにを食べる？」と聞いてくる。

「……京平が選んで」

沙織さんに会ったことで食欲がなくなってしまい、メニューに興味がなくなった。

「……こんなところで葉月に会っちゃうなんて、すごい偶然だね」

「ああ」

メニューを見ている京平は、相槌を打つ程度の返事だ。

京平はわたしといるところを沙織さんに見られちゃって、気まずいのかな……。沙織さんは京平が結婚することを知っている？　もしふたりが付き合っているとしたら、わたしと結婚するのだから、沙織さんとの関係を絶つってことだよね？　でも……別れないかも……？

いろいろと気になってくる。

わたしの気持ちとは裏腹に、京平は涼しげな顔で店員にオーダーしている。車だから飲み物はビールではなくて、烏龍茶だった。


オーダーしてくれたタン塩や特選カルビは、口の中で蕩けるほど美味しい。ほどよく焼かれたシイタケを食べていると、ふいにレバーが皿の上に置かれた。

「貧血気味だろ？　この皿、全部お前が食べろよ」

「えっ？　レバーは苦手なのにっ」

レバーをオーダーしたことさえ気づかなかった。

「ダメだ。鼻を摘まんででも食べろよ」

京平は鋭くわたしを見つめて、言い放つ。

「そんなぁ……ね、京平も食べてよ」

「俺がレバー嫌いなの知っているだろ。花菜は今も顔色が悪い。一度検査したほうがいいんじゃないか？」

今、顔色が悪く見えるのは、京平と沙織さんのことを懸念していたからだと思う。

でもこの分だと、食べ終わるまで他のお肉を食べさせてもらえなさそう……。

「鬼っ！」

わたしは顔を顰めながら、レバーにこの店特製のたれをたっぷりつけて口に放り込んだ。

そんなわたしを京平は笑い、焼けたレバーをまた皿の中に置く。

レバーは苦手だったけれど、たれをつければ意外と食べられそう。身体が欲しているのかな……。


食事が終わる頃、個室のドアがノックされた。顔を覗かせたのは店員ではなく、先ほど沙織さんの横にいた、坂下マネージャーと呼ばれた女性だった。

「坂下さん、どうしたんですか？」

京平は椅子から立ち上がり、ドアのところに立っている彼女のところへ行く。

「高宮専務、お食事中に申し訳ありません。ご相談がありまして……」

坂下マネージャーは、恐縮した様子で話し始めた。葉月のマネージャーではないから、沙織さんの担当のよう。

「沙織が飲み過ぎてしまい……本当に申し訳ないのですが、高宮専務に送っていただけないかと。最近ストーカーに悩まされていまして、どうやらこの店の外にいるようなんです。つけられないようにマンションまで送っていただけないでしょうか？」

わたしは坂下マネージャーの話に呆気に取られた。

京平が沙織さんを送っていく……？

そこへ予告もなくドアが開いて、葉月が入ってきた。顔が憤慨したように赤い。

「坂下マネージャー、ふたりはデート中なんですよ？　こちらで対処しましょうよ」

葉月は坂下さんに言ってから、わたしに申し訳なさそうな瞳を向ける。

「女性とご一緒なのに、本当に恐縮です。でも万が一のことがあった場合、男性のほうが頼りになりますし……それにパルフェ・ミューズ・ジャパンのイメージモデルの沙織になにかあったら、御社にも――」

「わかりました。送りましょう」

京平が静かに答えた途端、葉月が苛立たしげに叫ぶ。

「京平っ！　デート中の花菜を置いていくの⁉」

わたしはこの状況が呑み込めず、どう言っていいのかわからなかった。

葉月が京平を呼び捨てにしたことに驚いた坂下マネージャーは慌てる。

「葉月！　高宮専務になんて言い方をっ！　すぐに謝りなさい！」

叱責する坂下マネージャーに、京平は止めるようにスッと手を上げる。

「坂下さん、いいんです。彼女とは幼なじみなんです」

「えっ……」

坂下マネージャーは鳩が豆鉄砲を食ったような顔になった。

「葉月、言いたいことはわかる。花菜、俺のマンションで待っていてくれるか？」

京平はポケットから財布を出して、カードキーを抜こうとした。

「……マンションへは行かない。ひとりで帰れるから」

今にも泣きそうなわたしに葉月は近づき、肩を抱く。

「わたしが花菜と一緒に帰るわ。京平のマンションなんて行かせないから」

京平に腹が立っている葉月は、彼を睨んでからわたしのバッグを持つ。なにを考えているのかわからない表情で、京平はわたしを見ている。

「……京平、沙織さんを送ってあげて。今日は疲れたから、これで帰るから」

わたしはそれだけ言うのが精いっぱいで、京平に向けた笑みは引きつっているかも。

「花菜、あとで電話する」

「ん……」

この冬のイメージモデルの沙織さんに万が一のことがあっては、わが社にも損失が出ることは間違いなく、京平が彼女を送るのは仕事が大事だからだと信じたい。

でも、わたしの心を嫉妬心が占めている。大人になれない自分を嫌悪する。

葉月はまだ憤慨していて、わたしの手を引っ張って先に個室を出た。


二十一時過ぎに自宅に戻ったわたしたちを見て、お母さんはふたり一緒だったことに驚き、駅で会ったと適当に答える。

「京平くんは送ってくれなかったの？」

「ちょっと用事ができて」

お母さんは打ち合わせの話を聞きたがったけれど、疲れているからと部屋へ引きこもった。葉月も今はわたしをそっとしておいてくれるようで、黙って自分の部屋に入っていった。


その晩、京平からの電話を待っていた。でもなにを話せばいいのかわからず、かかってこなければいいとも思ってしまう。

お風呂から出てきたときも、かかってくるか気になっていたし、二十三時を過ぎてからベッドに入ったときも枕元にスマホを置いていた。

気持ちの整理がつかないまま、わたしはいつの間にか眠りに落ちていた。

翌朝、ハッと目が覚めて身体を起こし、スマホを手に取る。

京平から……着信が……。

スマホの画面は京平の着信を知らせていた。時刻は二十三時五十分。

やだ、式場での打ち合わせのときにマナーモードにしたっきりだった……気づかなかった……。わざと出なかったって思われていないかな。

時刻は六時を回ったところで、京平はまだ寝ているはず。

今日、会う約束はしていないけれど、以前に土日は空けておけよと言われている。でもあれは結婚式場を探すためで、もう決まったから今日は会うつもりはないかも。

スマホを手に、ゴロンと寝転ぶ。

わたしが大人げなかったんだよね。……結婚を決めて、式場だって当たってくれていた京平を信じよう。

「会いたい……」

思っていることが吐息と共に言葉になった。

日曜日の早朝だ。カーテンの隙間から日差しが入ってくる。今日も暑そう。

まだ寝ていようと思ったけれど、京平が気になり眠れなくなって階下へ下りると、朝食を作るお母さんに驚かれた。

「あら、今日は早いうちから京平くんに会うの？」

絶対に聞かれると思っていた。わたしはにっこり笑って、首を左右に振る。

「……たぶん会わないと思う。京平、忙しいから」

「そうよね。一流企業の専務ともなれば、休日だっていろいろと忙しいでしょう」

「ん……顔洗ってくるね」

洗面所へ向かおうとするわたしの背中に向かって、お母さんが「朝食食べながら、式場の話をしてね」と言った。

洗面所の鏡に映るわたしの顔は、いつになく憂鬱そうだ。心の中で京平に電話をするか、葛藤しているからだ。

パシャパシャと顔を濡らし、洗顔料で顔を洗う。スキンケアをしてからダイニングルームへ行くと、葉月がテーブルに着いていた。

「葉月、おはよう。早いね？　仕事？」

眠そうな顔の葉月は両手を上げて伸びをする。

「そうなの。スタジオでファッション誌の撮影なんだけどね。昨日お肉食べ過ぎちゃって、身体が重ーい。あ、お母さんっ、わたしの分はいらないからね。自分でスムージー作るから」

葉月は明るく言って椅子から立ち上がり、キッチンへ行った。

さすがモデルだ。少し食べ過ぎたくらいで身体の変化がわかるとは。わたしなんて結構食べさせられたのに、重いとかわからない。朝食だって食べる気満々なんだけど。

そこで、沙織さんの華奢なスタイルを思い出してしまった。

「はぁ……」

そのため息をちょうどお母さんに聞かれてしまい、首を傾げられる。

「花菜、なにため息ついてるのよ」

「えっ？　……わたしもダイエットしなきゃなって」

「葉月はモデルだから仕方ないけれど、花菜くらいのスタイルが一番いいのよ。太っているわけじゃないのにダイエットなんてやめなさい」

そこへお父さんが現れて、朝食を食べ始めた。街の不動産屋を営んでいるお父さんの休日は水曜日と木曜日。

朝食の話題は結婚式場の打ち合わせの話だった。なるべく明るく話すわたしの言葉を、スムージーを飲みながら葉月はなにも言わずに聞いていた。

部屋に戻ってスマホを手に取ってみたわたしは「あっ！」と叫んでしまう。京平から着信が入っていた。

「……逃げていると思われたくないし。うん。かけよう」

わたしはドキドキする胸に右手を置いて、京平に電話をした。

京平は三コールで出た。

『花菜』

静かな声だった。京平に名前を呼ばれただけで、胸が高鳴ってしまう。

「お、おはよう。電話に気づかなくてごめん」

『いや、昨日はすまなかった』

すぐに謝ってくれて心の中が温かくなる。素直に謝られると強く出られない。

「……仕事絡みだから、仕方ないと思ってる」

『花菜、今日も空けてあるだろ？』

「う、うん……」

『午前中ちょっと会社に行ってくるから、午後に会おう』

今日も会えるとわかって、わたし、ホッとしているの……？

「京平、仕事するの？」

『ああ。修正したい契約事項が出てきて、急ぎで書類をもう一度見直したいんだ』

京平の声が疲れているように聞こえた。

「わたし……京平のマンションへ行っていい？　十五時頃に行って夕食作るよ」

『いいのか？』

「なにが食べたいか、リクエストして」

わたしの気分が浮上してきた。マンションで京平のために料理ができることが、こんなに嬉しいなんて……。

『簡単なパスタ料理で。俺がまだ戻っていなかったら、部屋に入れるようにコンシェルジュに伝えておく』

「うん。わかった！　イタリアンにするね」

電話を切る頃には、今朝起きたときの憂鬱な気持ちがどこかへ吹き飛んでいた。

そこへ葉月が部屋に入ってきた。

「京平と話していたの？」

「うん。夕食作ってくる」

「花菜、昨日のことは許しちゃダメだからね！　恋人を置き去りにする京平は信じられない」

葉月はまだ昨日のことを怒っている。

「わたしは……昨日のことは仕方ないと思ってる。イメージモデルになにかあったら、一から作り直さないとならないし。そうなったら会社が損するでしょ？」

「花菜は優しいんだからっ。パルフェ・ミューズ・ジャパンがストーカーからずっと守れるわけないでしょ。本当にストーカーがいるのかも怪しいわ。あれはただの沙織さんのわがままに過ぎないの」

確かに二十四時間わが社が守れるわけがない。葉月の言うことはもっともだ。だけど、わたしは気にしないことに決めたからもう考えない。


京平のマンションへ着いたのは十五時ぴったりだった。途中で食材の買い物を済ませて、わたしの両手は買い物袋で塞がっている。

先ほど京平からもらったメールでは、十六時頃の帰宅になるそう。なんだかんだと、帰宅時間が伸びている。

わたしはマンションの出入口にあるインターホンを鳴らし、コンシェルジュにエントランスのドアを開けてもらう。

「すみません。檜垣といいますが――」

先日の女性とは違う年配の女性コンシェルジュだ。

「はい。ご連絡いただいております」

彼女はカードキーをわたしに手渡す。

「ありがとうございます」

カードキーを受け取ったわたしは、二階の京平の部屋に向かった。彼がいない部屋に入るのは悪い気がする。

でも入って待っているように言ったのは京平だし……。

誰もいない室内に「お邪魔します」と言って、パンプスを脱いで部屋に上がった。

買ってきた食材をさっそくキッチンに持っていって、壁にかけられていた、先日京平が買ってくれたエプロンを身につける。

「さてと、タコのカルパッチョを作って、冷やしておかなきゃ」

トマトベースの冷製パスタや豚ロースのピカタなども準備をした。

「まだ戻ってこない……」

メールでは十六時と書かれていたのに、時計の針はすでに十六時三十分だった。

「あ！　デザート忘れてた！　急いで作らなきゃ」

わたしはマスカルポーネチーズなど、ティラミスに必要な材料を冷蔵庫から出した。簡単にできるティラミスで、すぐに作り終えて冷蔵庫に入れた。

「思い出してよかった……あとは——」

「花菜」

「きゃっ！」

突然、声をかけられて肩が大きく跳ねる。振り返ると、京平がキッチンの入口に立っていた。わたしは大きく肩で息をつく。

「びっくりさせないでよ……」

心臓が止まるくらい驚いて、胸に手をやった。

「すまない。驚かせるつもりはなかったんだが」

「……料理に集中し過ぎてたね。おかえりなさい」

京平の帰宅は十七時を回っていた。

しだいに静かになっていく鼓動を感じながら、京平に微笑む。唐突に京平の腕が伸びて、抱きしめられていた。

「お前って、なんか安らぐ。ずっとこうしていたい」

いきなり抱きしめられて、治まってきていた鼓動は再び暴れ始めた。こんなふうにされたら、京平はわたしを愛してくれているんじゃないか、と錯覚してしまいそうになる。

「きょ、京平……照れちゃうから……放して」

京平の胸の中にずっといられたら、どれだけ幸せなんだろう。彼の心が欲しい……。

わたしが身じろぐと、腕の力が緩んだ。

「着替えてくる」

京平はそう言ってわたしから離れた。彼の後ろ姿を見ながら、わたしは右手で自分の頭をコツンと叩く。

わたしったら、なんてムードがないの？

『放して』って言わなかったら、あのまま甘い雰囲気になっていたかもしれないのに……。

「美味しそうだな」

ローテーブルの上に作った料理を並べていると、Tシャツとジーンズに着替えた京平がリビングに戻ってきた。

「イタリアンだから、ワインでどうぞ」

小さなワインセラーがあるほど、京平はワイン好きらしい。長い付き合いだけど、わたしの知らない彼の一面だ。

「いや、いいよ。お前を送るから」

「送らないでいいよ。休日出勤したんだし、疲れているでしょ？　電車で帰れるから」

「空いていれば三十分もかからない。送っていく。花菜も水でいいか？」

「うん」

京平は冷蔵庫からミネラルウォーターのペットボトルを持ってきて、わたしたちのグラスに注いだ。

そして、今日もわたしが作った料理を美味しいと言いながら食べ進めていく。

胃袋を掴むには回数を積まないと。まだまだかな……。

デザートのティラミスを食べ終わった頃、京平がおもむろに口を開く。

「花菜、沙織のことで話したいことがある」

「は、話したいこと……？」

不意打ちの言葉に、わたしの心臓がドキドキしてきた。

「ああ。沙織と付き合っていたことがある」

京平の突然の告白に、鼓動が一瞬だけ止まった気がした。

「そんなこと……話さなくても……」

動揺を隠せないわたしは彼を見つめる。昨日送ったのは、パルフェ・ミューズ・ジャパンの専務として。それだけだ」

沙織さんと付き合っていたことがあるからって、憤慨する必要はない。これほどの端正な顔立ちで裕福な彼に、女性は蜜を欲しがる蝶のように近づいてくる。二十七歳なんだし、女性と付き合ったことがないというほうがおかしい。わたしだって修一と付き合っていたし、過去にもデートした相手はいた。

「話してくれてありがとう。京平のこと、理解しているつもりだから」

ただ……元カノがあんなに美しい人だったということが、わたしを落ち込ませる。

「唐突な見合いだったが、俺はお前と結婚を決めてよかったと思っているから」

京平は微笑み、落ち着いた口調でそう言ってくれた。

わたしは目頭が熱くなって涙が出そうになった。彼は結婚をどう思っているのか、気になっていた。

「ありがとう。わたしもこうなってよかった。今のわたし、とても幸せ」

愛ではなくても、京平はわたしを大事にしてくれる。それは間違いない。

無性に恥ずかしくなって、片づけを理由に立ち上がった。トレーの上に皿を重ねながら置き、キッチンへ持っていく。もう一度、座っている京平の横に皿を引き上げに立つと、おもむろに手が伸びてきて軽く引っ張られる。

次の瞬間、わたしは胡坐をかいた京平の脚の上に座って、閉じ込めるように抱きしめられていた。

「きょ、京平っ」

「お前に触れたい」

そう言って、京平はわたしの顎に手をかけて唇を塞いだ。

「んっ……」

今さっき食べたティラミスの味がするキスだ。ほろ苦くて、甘く、懐かしい気持ちになった。

エプロンが外され、着ていた服が脱がされていく。ラグの上に押し倒され、京平は全身にキスを落としていく。

「お前って、身体中が甘い」

みぞおちの辺りに唇を滑らされ、わたしの身体がビクッと跳ねる。

「ああっ……それはティラミスのせいよ……」

「いや、前にも思った」

京平は顔を上げて、唇に濃厚なキスをし、喉元にねっとりと舌を這わせ、わたしを高みに持っていった。


「花菜、着いたよ」

京平がわたしの腕に手を置いて、静かに揺らす。

「あ、ごめんなさい。寝ちゃってた」

窓の外を見ると、自宅の門扉の前だった。

「寝言、言ってたぞ」

街灯の薄明かりの中、京平の口角が上がったのがわかる。

「えっ？　寝言っ？」

自分が寝言を言うなんて初めて聞く。いや、大人になってからはひとりで寝ているのだから、寝言を言っているのかいないのか、わからない。

「まだ食べたい、ってな。お前って食いしん坊だからな」

「本当に……？」

にわかに信じられないわたしは、首を傾けて京平を見つめる。

「嘘だよ」

京平がいたずらっ子のようにニヤリと笑った。

「もうっ、本気にしたよ」

頬を膨らませるわたしの顔を大きな手で引き寄せて、唇を重ねた。

「おやすみ、また明日な」

時刻は二十四時になりそうだった。明日があと五分ほどで来る。離れたくない気持ちを抑えて頷いた。

「運転、気をつけてね」

ドアを開けて車を降りると、腰丈の門扉を開けて入る。京平に手を振ると、暗闇でも光るホワイトパールの車体が走り去っていった。

「ふ～ん、仲直りしたんだ」

突然、背後からした葉月の声にびっくりして振り返る。

「仲直りって、別に喧嘩していたわけじゃないでしょ。なんでこんなところにいるの？　驚くよ」

「だってちょうど門に入ったとき、京平の車がやってきたんだから。そりゃ見物するでしょう」

葉月のニヤニヤする顔を見て、わたしは「あっ！」と声を上げてしまう。

「ふたりのおやすみのキスは、外国映画を観ているようだったな」

キスをしているところを葉月に見られていたなんて、恥ずかしくてそそくさと玄関に向かって歩きだすわたしだ。

「花菜、可愛い～」

葉月の茶化す声が、玄関に入っても続いている。

「ねえ、花菜っ。恥ずかしがらなくてもいいじゃない」

葉月は完全にわたしをからかうモードで、二階へ向かう後ろからついてくる。

「もうっ、夜遅いんだから静かにして」

振り返って顔を顰めると、彼女はあっけらかんとした笑顔を向けていた。わたしは二階へ上がり、自室のドアノブに手をかける。

「花菜が幸せそうでよかった」

葉月なりに心配してくれていたのだろう。彼女は振り返ったわたしの頬を摘まみ、にっこり笑って、モデルウォークをしながら自分の部屋へ入っていった。

第六章　思いがけない怪我に

八月も終わり、実際のファンデーションの発売日はもう少しあとだが、九月後半から発売に合わせて、女性ファッション誌の見開きページで冬の広告が始まる。それに伴って美容ライターなどの原稿もチェックしたりと、目が回るほどの忙しさだった。でもそれがしだいに形になっていき、自信に繋がっていく。結婚式の準備もあって、充実した日々だ。

「あ！　檜垣さん、お疲れ〜」

会議室のある七階のエレベーターホールでばったり会ったのは、菅野部長だ。

「菅野部長、お疲れさまです」

わたしは笑みを浮かべて、菅野部長に頭を下げる。

「先日、神田編集長から電話をもらったんだけど、檜垣さんを褒めていたよ。よく気がつく女性だって。鼻が高かったよ」

有名女性ファッション誌の編集長に褒められたと聞いて、わたしの笑みがさらに深まる。

「ありがとうございます」

「ところで今日、空いてるかな？　久しぶりに飲みに行こうよ」

今日は金曜日。京平との予定は入っていないけれど、躊躇してしまう。京平が以前、菅野部長とは距離を置けと言っていたからだ。

「すみません、予定があって……」

「だよね？　金曜日だし、彼氏とデートだろ？　寂しいフリーの相手はできないよな」

「寂しいフリーって、菅野部長になら誘ってほしい女性がたくさんいるじゃないですか？」

わたしはわざとらしくシュンとした菅野部長を笑う。

「う～ん。そういう女性って、将来を考えられないんだよね。檜垣さんみたいな誠実な女性がいいな」

……これって、口説かれているの？

そこでエレベーターが開き――。

「菅野部長」

エレベーターを降りてきたのは京平だった。静かな呼び方だったけれど憮然とした表情の彼に、わたしは急いで頭を下げ、菅野部長は口を開く。

「高宮専務……あ！　会議の時間でしたね」

京平はちらりとわたしを見るだけで、なにも言わずに一番大きな会議室へ入っていった。

「じゃあね、檜垣さん。また！」

菅野部長は京平のあとに続いて、エレベーターに近い会議室へ。

京平、ムッとしていた……？　いつも菅野部長といるところに出くわしちゃうんだよね。

小さくため息をついて、エレベーターを呼ぼうと手を伸ばしたとき、その肘が掴まれた。

えっ？

わたしの腕を掴んだのは京平だった。非常階段へ繋がるドアへ進まされる。

「京平っ!?　どうしたの？」

会議室へ入った彼がなぜ出てきて、自分をこんなところに連れてくるのか。驚きながら、いつものように爽やかなスーツ姿の彼を仰ぎ見る。

非常階段の踊り場へ出ると、京平はなにも言わずにわたしの腰に腕を回して、顔を近づけた。

「んんっ……」

驚き過ぎて目を閉じられないわたしは、京平に甘く口づけられた。いつものようにわたしの身体の中が熱くなっていく。

ふいに彼はキスをやめて、じっと顔を見つめる。

「また菅野とふたりっきりだったな」

「そ、そんなこと言われても、ばったり会っちゃったのは仕方――んっ……」

今度は目を閉じて、京平のキスに身をゆだねる。静まり返った非常階段にわたしたちのキス音が響いた。

「お前が菅野といると、焦燥感に駆られる……」

わたしは京平の言葉に目をパチクリさせる。

「た、高宮専務、会議では……？」

嫉妬してくれているのだろうか。それだったら嬉しい。

わたしの口からわざと可愛くない言葉を出すと、京平はおもしろくなさそうに口元を歪めた。

「明日は打ち合わせだからな。十一時に迎えに行く」

「ホテルは日比谷だから、京平は直接そっちに行ったほうが近いでしょ。ラウンジで待ち合わせしようよ。わざわざ迎えに来てくれなくても大丈夫。ゆっくり起きて」

毎晩日付が変わるまで仕事をしている京平の身体が心配だ。

「花菜、もしかして俺を心配してくれている？」

京平は再び顔を近づけて、わたしをまじまじと見つめ、からかうように口元を緩ませている。

「あ、当たり前じゃない……」

涼しげな黒い瞳で見つめられ、頬が熱くなっていくのがわかる。

「ほらっ、会議遅らせてるよ？　早く行って」

恥ずかしくて、そそくさと京平の後ろに回って背中を押す。

「じゃあ十一時にな。迎えに行くから」

京平はそう言って、非常ドアを開けて去っていった。

結局、明日は迎えに来てもらうことになっちゃった……。

同じ非常ドアを出ていくのは勇気が必要で、わたしは一階分の階段を上がり、八階からエレベーターに乗った。幸い誰も乗っておらず、ホッとする。

十三階に到着してレストルームに駆け込んだ。鏡に映るわたしは潤んだ瞳をしており、少し腫れぼったい唇になっていた。

これじゃあ、広報室に戻れないじゃない。メイクポーチもないし……。

数分経って熱に浮かされたような表情が消えてから、広報室へ歩きだした。


翌日の十一時過ぎ。わたしは約束どおり、迎えに来てくれた京平の車の助手席に座っている。

そして——。

「花菜ちゃんのウエディングドレス姿、楽しみだわ〜」

「京平くんはなにを着るのかしら？　タキシード？　それともフロックコート？　長身でスタイルがいいから、なんでも似合うわね〜」

そんな話に花を咲かせているのは、後部座席にいる両家の母親たち。ちらりと京平を見ると、苦虫を噛みつぶしたような表情でステアリングを握っている。

今日の打ち合わせが、挙式で着るドレス選びだと知った母親たちは、見たいと言って急遽ついてきた。わたしとしてはドレス選びに自信がないので、お母さんたちが来てくれるのは心強いけれど、京平は面倒だと思っているのが顔に出ている。

選びきれないほどの数のウエディングドレスに、母親たちは新婦のわたしよりも瞳を輝かせている。

「感激だわ！　花菜ちゃん、ありがとう。息子ふたりだから、こういう機会はないものと思っていたの」

京平のお母さまは潤んだ目でわたしの両手を握る。

「母さん、花菜が驚いている。母さんはモデルをしていたんだから、こんなの見慣れているだろ」

やんわり言った京平は、わたしの手を握っているお母さまの手を外す。それから自分のほうにわたしを引き寄せた。

「あらあら、独占欲丸出しなんだから」

息子の態度に、お母さまはわたしのお母さんと顔を見合わせてフフッと笑う。

これって、独占欲なの？　京平が……？

顔がにやけてくる。

「独占欲じゃなくて。いつまでも進まないだろ」

京平の言葉に内心喜んでいたわたしは、ガクッと肩を落としそうになる。

そうだよね。愛されて結婚するわけじゃないんだから……。

「まあ、京平ったら照れちゃって」

お母さまは負けておらず、息子が照れ隠しで言っているものと思い、フフッと笑う。

「花嫁さま、素敵なお義母さまで恵まれましたわね。こんなに仲がいいご両家は久しぶりでございます」

ブライダルスタッフの主任の女性が、にっこり微笑みを浮かべる。

「はい。本当に……」

「では、こちらのドレスをご覧くださいませ」

壁一面にかけられたウエディングドレス。純白のものや、生成りのもの、金糸銀糸が織り込まれたゴージャスなドレスもある。たくさんあり過ぎて眩暈がしてきそうだ。

「気に入ったのはあるか？」

後ろに立つ京平は、見ているだけでウエディングドレスに触れないわたしの耳元で聞く。すぐそばで少し低音の声がして、身体が疼いてきそうだ。

ダメダメ、ドレスに集中しなきゃ！

お母さんたちは別のところでウエディングドレスを見ている。ふたりのほうがわたしよりも楽しそうだ。

「京平は……？」

どれも素敵過ぎて選ぶのが困難だから、京平に聞いてみる。お母さんたちは『これがいいんじゃないの?』とか押しつけてこないから、結局自分たちで決めるしかない。

「冬だし、肩を出すのは寒そうだな」

ビスチェタイプの身頃は、鎖骨や胸のラインを綺麗に見せてくれそうでいいかなと思っていたけれど、言われてみれば寒い。

あ……これ、素敵。

わたしの目に留まったのは、肩から身頃までの純白のファーのウエディングドレス。Aラインのデザインで、スカートの部分はパールが施されていて美しかった。

「京平、これどう思う?」

わたしは気に入った一着を指差す。

「へぇ。冬らしくていいな」

「本当? 京平も気に入った?」

「ああ。いいと思う」

「花嫁さま、こちらをご試着でよろしいでしょうか?」

わたしたちの後ろにいたスタッフがすかさず口を挟んだ。

ウエディングドレスとお色直しのドレス、京平のフロックコートと披露宴で着るタキシードを決め終わると、十四時を回っていた。昼食がまだで、全員がお腹を空かせており、全員一致でホテルの中華料理に決めてレストランに入った。

コース料理をオーダーし終えると、お母さんが待っていたかのように口を開いた。

「京平くん、格好よかったわ～。本当にいい男になって」

お母さんは試着した京平を思い出して褒めちぎる。試着室から出てきたときもお母さんは大絶賛で、スタッフたちも笑っていた。

「晶子さん、花菜ちゃんのウエディングドレスもよく似合っていて、何枚も写真を撮ってしまったわ」

「結婚式が楽しみね、美和さん。愛し合うふたりの最高のときよね」

「お父さんたちにもさっそく見せなくてはね。楽しみにしていたから」

お母さんたちの会話を聞きながら、わたしたちが愛し合っていると思っていることに、ちょっと落ち込みそうになった。


九月下旬になると、女性ファッション誌もかなり出回り始め、パルフェ・ミューズ・ジャパンの冬のファンデーションの反響はかなりいいらしい。実際に発売し、生産ラインが追いつかないほどだと聞いた。これからも広報活動は続くけど、とりあえずホッと安堵していた。

「花菜、最近綺麗になったね。もしかして彼ができた？」

ランチを食べていると知世にいきなり言われ、かつ丼を食べていたわたしは、口に入ったお米を危うくぶちまけそうになった。

「突然、なにを言うの！」

「毎日が充実してるって感じで、生き生きして見えるよ」

結婚することをそろそろ知世に話さなければ、約一ヵ月後の十一月に発送する招待状で驚かせることになってしまう。

「実はね……」

まわりを見渡して、わが社の社員がいないことを確かめる。といってもパルフェ・ミューズ・ジャパンの社員かどうかなんてわかるはずがないけど。知り合いにはまだ聞かれたくない。

「やっぱり彼氏ができたのね？」

知世は、間違っていなかったと大きく頷く。

「相手は誰？　でも、デートはしていた？　毎日残業していたよね。もしかしてうちの会社の人？」

矢継ぎ早に質問されて、なにから話していいのか困る。

「……知世。わたし、一月十日に結婚するの。話せなくてごめんね。まわりから詮索されたくなくて、言えなかったの」

「け、結婚っ⁉　いつの間に……。まわりから詮索っていうことは、うちの会社の人なのね？　花菜っ、もったいぶらずに早く教えてよ」

知世は気を悪くした様子もなく、焦れている。

「相手は……高宮専務なの」

「ええっ⁉　た、高宮専務？　わがパルフェ・ミューズ・ジャパンの御曹司の、あの高宮専務？」

声を抑えてはいるものの、知世は〝仰天〟というのがぴったりなくらい驚いている。

「うん。そう……」

「やだ！　いったい、どこでどうなったら結婚することになるの？　めちゃくちゃスピード婚じゃないっ？」

知世は食べていたかつ丼に目もくれずに、テーブルに腕を置いて身を乗り出す。

「わたしたちは家が隣同士で、幼なじみなの」

「うわーっ、そうだったの？　よく今まで隠し通せていたね？　わたしだったら、入社した時点で自慢しちゃうわ」

それから婚約に至るまで、簡単に話をした。

「もう、腰を抜かしちゃうくらいびっくりよ……」

最後のほうはため息を連発する知世だ。

「夫として高宮専務は完璧じゃない？　羨ましいわ～」

相思相愛で結婚すると思っている知世に、彼の愛はないことを言えなかった。

京平は付き合っていた女性に幻滅して、わたしと結婚することになった。幻滅させた人って、沙織さん？　それとも過去の女性？　どんな人だったんだろう……。

「わたし、今回の広報責任者になったでしょう？　コネというか、抜擢されたのは婚約者だからだと言われたくなかったの」

「うん。わかるよ。花菜は実力で責任者になったけれど、仕事ぶりを知らない人はいろいろ言うだろうしね」

知世がわたしの気持ちを理解してくれて、ホッと胸を撫で下ろした。

その日の午後、国際事業部へ宣材写真とＵＳＢ、サンプルを持っていくために広報室を出た。大事な電話を待っているからスマホも携えて。

エレベーターホールへ行くと、エレベーターが六基とも一斉点検されていた。

「なにかあったのかな……」

一基ずつの点検ではなく、六基ともなると電気系統の故障？　仕方ない。非常階段で行こう。国際事業部は十階だから、三階分下りればいいだけ。

エレベーター横の非常階段へ通じるドアを開けた。

階段を下りたわたしの手の中のスマホが振動した。待っていた電話かと思いきや、かけてきたのは京平だった。

「檜垣です」

『花菜、専務室へ来てくれないか。父さんが婚約の公表について相談したいと来ているんだ』

「えっ？　今、国際事業部へ向かってるの。それが終わったら……あ、エレベーターが六基とも点検中だから、二十階へは――」

階段を一段ずつ下りながら話す。カツンカツンとヒールの音が響いている。

『点検中？　連絡が来ていないな。ん？　国際事業部には階段で向かっているのか？』

「そうなの。三階下りればいいだけだから。でも、上がるのは――」

十三階から専務室のある二十階まで階段で行くとなると、汗だくになるだろう。

『わかった。動きしだい連絡させるから、来てくれないか』

「うん。わかっ……あ！　きゃーっ！」

あと四段というところで足を滑らせ、踏み外してしまった。

『っ、花菜⁉　花菜‼』

スマホが手から離れ、わたしは階段の踊り場まで落ちた。

「……っぅ……い……た……っ」

リノリウムの床に打ちつけた全身に痛みが走る。一番痛いのは左足首だ。ベージュのストッキングが破れ、擦り傷から血が滲んでいた。

上体を起こそうとするも、壁に背をつけるのが精いっぱいだ。スマホと左のパンプスが少し離れたところに飛んでいた。

「サ、サンプル⁉　サンプルは！」

もちろんサンプルも落としてしまっている。宣材写真とＵＳＢはプラスチックのクリアケースに入っており、サンプルはしっかり梱包してあるから大丈夫そうだ。

「まいったな……わたしって本当にドジだ……」

しだいにズキズキと左足首が痛んで腫れてきた。それはストッキングの上からでもわかる。壁に手をついて立とうとしても、足に力が入らずその場を動けない。

「ああっ！　携帯……京平と話している最中だった」

這うようにしてスマホを取りに行こうとするわたしの耳に、誰かが階段を駆け下りてくるような足音が聞こえた。

「花菜！」

少し上のほうから顔を覗かせたのは、京平だった。

「京平……」

あっという間に京平はわたしのところへやってきた。二十階から駆け下りてきた彼は額から汗を流している。

「花菜、階段から落ちたのか⁉　何段から⁉　どこが痛い⁉」

京平はしゃがみ込むと、わたしの顔を見てから左足首に視線を向けた。

「足首か。腫れてきている。頭は打たなかったか？」

落ちたわたしよりも、京平は疼痛（とうつう）がするような表情で怪我を把握しようとしている。

「頭は大丈夫。身体中が痛い気がするけど、一番はここ……」

わたしはすっかり腫れ上がった左足首を指差した。

「よかった……いや、よくはないが、肝を冷やしたぞ」

そう言って、京平はわたしを抱きしめた。

京平……？

「心配かけてごめんね。駆け下りてきてくれたんだね。ありがとう」

「タイミングの悪いときに電話をかけた俺もいけない」

彼は立ち上がり、散乱しているものへ近づく。

「違うよ。わたしの不注意だったの……ドジは直らないね」

京平は散らばったスマホと、プラスチックのクリアケース、小さな箱を拾う。

「これは？」

「国際事業部に渡すもので……あっ！」

彼が拾ってくれたスマホを見て小さく叫ぶ。画面は蜘蛛(くも)の巣状にひびが入っていた。

社用物なのに……。

京平はそのスマホを自分のスーツのポケットに入れる。

「これは俺が預かる。国際事業部の誰宛なんだ？」

「あ、山下(やました)課長に……」

「ここで待ってろ、渡してくるから。絶対に動くなよ！」

わたしに厳しく命令して、階段を下りていった。

高宮専務が持っていったら、山下課長は腰を抜かすほど驚くに違いない。そんなことを考えながら、腫れた左足首を手で動かそうとした。

「いっ……た……」

ダメだ。もしかして、折れたってことは……ないよね？

変色していく左足首が心配になる。歩けなかったら出社できない。血の気が引いていく感覚に襲われる。

不安が広がって、座っていられず壁に手をついて立ち上がろうとすると――。

「バカっ！　なにをしているんだよ」

京平が駆け上がってきた。長い脚だから階段を一段抜かしで。

「動くなって言っただろ」

転がっていた左のパンプスを手に持たされる。

真剣な表情で京平はスーツの上着を脱ぎ、わたしの足に置く。なぜ上着が足にかけられたのかわからずキョトンとして彼を見ていると、突然逞しい腕を膝の下に差し入れられた。

わたしの身体が浮く。京平に抱き上げられたのだ。

「きゃっ！　京平っ、重いから。それに、血がついちゃう。ダメ！　下ろして！」

お姫さま抱っこをされてしまい、動こうにも無理なのだが、言葉で拒否する。

「黙ってろ。上着が汚れるくらいでウダウダ言うな。お前は落ちないように持っていろよ」

京平はわたしを横抱きに抱えながら、階段を下り始めた。十一階の踊り場に来たところで非常口を通る。エレベーターの点検は終了していた。わたしはエレベーターホールに誰もいないことにホッとする。

膝の上にかけられている京平の上着で、顔を隠したい……。

「京平……どこへ？　広報室に連れ――」

「病院に決まってるだろ。その腫れだと、捻挫より重いかもしれないぞ」

わたしをお姫さま抱っこして歩いているのに、息切れひとつしていない。京平の厚い胸板や腕に守られている気分になる。

足の痛みのズキズキと、胸が高鳴るドキドキ。わたしの身体の中で大合奏がうるさくて、彼に聞こえそうだ。

「京平、恥ずかしいよ」

そう言っても、下ろされたら歩けないのだが。

「そうか？　俺はまったく恥ずかしくないが」

なに食わぬ顔の京平だ。

「わたしは恥ずかしいのっ」

見上げると思ったより京平が近くて、顔に火が点いたように熱くなる。

「下ろしても立っていられないだろ。恥ずかしいんなら黙って俺の肩に顔を埋めてろ」

そこでエレベーターのドアが開いた。男性社員がふたり乗っていた。彼らはブランドプロモーション部で、わたしも面識があった。もちろん、京平もブランドプロモーション部の責任者なのだからわかっているはず。

彼らはわたしたちにギョッとした顔になり、一瞬気まずい空気が流れる。そんな空気をまったく感じていないような京平は、男性社員に話しかけた。

「君、すまない。Ｂ１を押してくれないか」

「は、はいっ！　か、かしこまりました！」

コントロールパネルのそばに立っていた男性社員はビクッと背筋を伸ばし、Ｂ１を押した。

「靭帯損傷、つまり捻挫ですが、かなりひどいですね」

レントゲン写真を見た医師は、目の前に座っているわたしよりも、後ろで立っている京平に言ってから、看護師に湿布とテーピングの用意をするよう指示する。

「先生、すぐに歩けるようになりますか?」

「……完治まで二ヵ月はかかりますね。生活に支障をきたさなくなるのは一ヵ月後くらいだと思います。一週間は動かさないように。明日、来院してください」

口ひげを蓄えた四十代くらいに見える医師の言葉に、『ええっ!』と大きな声を上げそうになった。

「そ、そんなにかかるんですか?」

「無理をしたら、もっとかかりますよ」

仕事のことを考えると、サーッと血の気が引く思いだ。そんなに休めない。動かさないようにと言われた一週間でさえ、難しい。どうしよう……。

悔しくなって涙が出てきそうだった。

「花菜、捻挫は無理したら、完治まで長引くぞ」

京平はわたしの肩に手を置いて、優しくなだめるように言ってくれるけれど、仕事のことが頭の中を駆け巡り、気分が悪くなってきた。

病院を出るときも、京平はわたしに松葉杖を使わせずに、抱き上げて車まで連れていってくれた。

「とりあえず俺のマンションで休んでろ」

「ええっ！　会社に戻らないと。途中の仕事があるし、バッグだって……」

助手席に座らされ、てっきり会社に戻るものと思っていたわたしは愕然とする。大事な電話も、もしかしたら来ているかも。会社へ戻ったら急いで電話をしなくては。

「お前、それで仕事ができるのか？」

エンジンをかけた京平は、助手席の背もたれに腕を置いて、わたしを注視する。

左足首は治療のおかげで鈍痛になっていたけれど、階段を落ちるときに打った腕や腰は、動かすたびに痛みが走る。擦り傷は薬を塗られただけでひどくないが、ヒリヒリしている。

でも、痛いとか言っていられない。仕事はたっぷりある。借りた松葉杖でなんとか動かなきゃ。

「できるよ。やらなきゃ」

「……わかった。一週間は安静にしないといけないからな。戻ったら仕事をアシスタントに任せるように指示を出すんだ。それが終わったら俺に連絡しろよ。家まで送っていくから」

そう言ってから京平に、おもむろにスマホを取り出す。彼の手のひらにあるスマホが振動して着信を知らせている。京平は画面をタッチして出た。

「高宮です。……あぁ、これから戻る。マーケティング部に待つように伝えておいてくれ」

仕事の電話らしい。京平の会話を聞いて、わたしは自分のことばかり考えていたことに気づいた。

京平は仕事を放り出して来てくれたのに……あのとき、社長が来ていると……。

電話を切った京平はスマホをポケットにしまい、ステアリングに手をかける。

「……京平、迷惑をかけてしまってごめんなさい。仕事、大丈夫だった……？　社長も……」

駐車場にいる、ベビーカーを押している女性に注意しながら車を動かす。

「お前に迷惑をかけられたなんて思っていないから。こういう事態に俺がすぐ駆けつけられてよかった。親父には連絡しておいたから問題ない。心配していたよ」

自己嫌悪に陥ってシュンと俯くわたしの頭に、手が置かれた。

「もどかしいだろうが、しばらく我慢しろ。俺がフォローするから」

「京平……ありがとう」

わたしの心はますます京平に惹かれ、恋い焦がれていった。

社屋の地下駐車場に車を停めた京平は、運転席を離れると助手席へ回ってきた。身体をかがめて、わたしを抱き上げようとする。

「ま、待って！　松葉杖で行けるよ」

またあの羞恥心に耐えたくなくて、京平の手を止める。

「お前な、不慣れな松葉杖で行くより、抱いていったほうが早いだろ」

「で、でもっ」

そこで、京平がミーティングを待たせていることを思い出す。

「でも？」

「う、ううん。京平がいいならお願いします……」

「どうした？　急に素直になったな？」

京平はフッと笑って、わたしを抱き上げた。

「わたしはいつも素直ですっ」

「そうだよな。素直じゃないのは葉月だった」

京平は歩いていき、エレベーターに足を踏み入れる。誰も乗っておらずホッとした。

どうかこのまま人が現れませんように。でも、広報室へお姫さま抱っこされて入るしかないから、みんなを驚かせるだろうな。

「なに考えてるんだ？」

上がっていくエレベーターの中、黙り込んでいるわたしに京平は聞いてくる。

「みんなが驚くだろうなって……」

「まあな。たぶん、広報室には社長から俺たちの婚約はすでに伝えてある。明後日の広報誌で発表することにしたから」

パルフェ・ミューズ・ジャパンの企業展開や新商品開発、社員の昇進、異動などといった内容が広報誌には書かれ、社員のアドレスに一斉メールで送られる。

「仕方ないだろ。こんな状況になったんだしな」

「ん……」

ますます広報室へ入るのが恥ずかしくなった。

エレベーターは十三階に停まり、京平は広報室へ足を進めた。

京平がわたしを席に座らせ、佐々木部長と話をしてから出ていくと、沈黙を守っていた知世が口を開いた。

「花菜！　大丈夫⁉　びっくりしたわ」

「心配かけてごめんね。ドジっちゃった」

「痛そうだね」

知世は包帯でぐるぐる巻きのわたしの左足を、痛々しそうに見る。

「申し訳ないんだけど、一週間は安静にって言われてしまったの」

「気にしないで。これは労災よ。休まなきゃ」

わたしと知世が話していると、佐々木部長がやってきた。立とうとすると制される。

「ひどい目に遭ったな。その分だと、生活が不便だろう」

「わたしの不注意で申し訳ありません」

佐々木部長に頭を下げる。

「先ほど檜垣さんが落ちた場所を見に行ったんだが、おそらく足を滑らしたのは、お茶のようなものがこぼれていたせいだろう」

「気づきませんでした……」

「一週間は安静にしなくてはならない、と高宮専務から聞いている。森下と真鍋、村田に任せるように。あとで秘書課の者が松葉杖を持ってくるそうだ。ただし、必要以上に歩かせないようにとも言われている」

「はい。本当に申し訳ありませんでした」

「それから、高宮専務と婚約おめでとう。幼なじみだったとはな。驚いたが、お似合いじゃないか」

祝福の言葉をくれた佐々木部長は、自分の席に戻っていった。


そのあと、待っていた電話も含め、できる限りの仕事を片づけ、森下さんと真鍋くん、知世の四人でミーティングを行い、引き継ぎをした。真鍋くんのなにか聞きたいような好奇心たっぷりの目とは、何度も視線がぶつかった。婚約のことを聞きたいのだろう。でも、引き継ぐものがたっぷりあって雑談どころではなかった。

退勤時刻になり、ほぼ仕事を片づけ終えてホッと息をついた。

京平に電話しなきゃ。なんだか頭が重い……。一週間経てば、なんとか通勤もできるはず。

そのとき、広報室に誰かが入ってきたようで、ガヤガヤしていた声が一瞬静まる。

「花菜」

背後から響いたのは京平の声で、わたしは振り返る。

シンと静まったのは京平が入ってきたからなのね。

「顔が赤い。熱が出てきたんじゃないのか？」

京平の大きな手がわたしの額に触れる。隣の席の知世から、うっとりしたため息が聞こえた気がした。恥ずかしくてもっと顔が赤くなりそう……。

「やっぱり熱がある。早く帰ろう」

「はい」

デスクの横に立てかけていた松葉杖で立ち上がろうとすると、京平はあっという間にわたしを抱き上げた。

「ダ、ダメっ。松葉杖で歩けるから」

「無理をして、ひどくなりたいのか？」

京平は言葉少なに言って、ドアに向かって歩き始めた。わたしは恥ずかしくて俯き、一刻も早く地下駐車場に到着するよう祈っていた。

十九時半という珍しく早い帰宅にお母さんは驚き、さらに京平に抱き上げられているわたしを見て目を丸くした。

「早いわね、と思ったら、どうしたの⁉」

「階段で足を滑らせ、捻挫したんです」

「まあ！　花菜におっちょこちょいだから。大丈夫なの？」

リビングに向かいながら、背後からお母さんが聞いてくる。

「うん……」

「うん、じゃないだろ。重い捻挫なので一週間は絶対に安静に、とのことです」

リビングのソファに下ろされたわたしは、ぐったりとクッションに身体を預けた。

「そう……捻挫にもいろいろあるのね」

お母さんはわたしに心配そうな瞳を向けてから、お茶の用意をしにキッチンへ。

「京平、ありがとう。明日は腕が筋肉痛かもしれないね」

「そんなやわじゃない」

確かに鍛えられた筋肉が……。

京平の上半身を思い出したせいで心臓の高鳴りを覚え、視線が合わせられなくなる。

そこへお母さんが、氷がたっぷり入った麦茶を運んできた。

「本当に助かったわ〜、ありがとう。京平くん、お夕食を食べていってね」

「せっかくですが、会社に戻るので」

京平は夕食を断っている。けれど、「会社に戻るにしても食事はするでしょう」と
お母さんに強く出られて、食べることになった。

「花菜は食べたら、さっさとベッドに行って横になるんだぞ」

真面目な顔の京平に、咄嗟に頷いてしまう。

もちろん、命令されなくても今すぐベッドに行きたいところだ。やはり熱が出てきているようで、身体を動かすのも億劫になっていた。

「おばさん、会社は一週間休ませます。なるべく足を使わないよう、安静にさせておいてください。明日、医師に病院に来るよう言われているんですが、大丈夫ですか？　病院は会社の近くで、ここからは少し遠いんで」

「わかったわ。足を使わせないようにするわね。明日の病院もわたしが連れていくから大丈夫よ」

お母さんは京平の説明を聞いて頷いた。

「はい。お願いします。それで一週間後、俺としてはまだ出社してほしくないのですが、花菜は行くと言い張るでしょう」

「もちろん、松葉杖をついてでも行くわ」

「ここからの通勤は大変なので、俺のマンションから通わせたいのですが、どうでしょうか？」

肉じゃがを口にしていたわたしはギョッとして、隣に座る京平を見る。

「京平、大丈夫だよ。通勤できるって」

「混雑している電車だぞ？　駅の階段はどうするんだ？　よちよち歩いていたら三時間前に出ても間に合わないぞ。社長専用車で父さんと一緒に通勤するか？　もしくは岩下に――」

「ダ、ダメっ。社長専用車も無理だし、京平の秘書の岩下さんにだって迷惑がかかる。重役だったらまだしも、わたしは一介の社員なんだから」

三時間の通勤は言い過ぎだよ……。それに社長と一緒に出社なんかできるわけない。

でも、京平のマンションに泊るまで泊まる……？　それもいろいろと大変そうだ。

わたしの心臓がもたないかも。

「そうよね。そんな足では人様の迷惑になるわね。京平くんも迷惑でしょうけど、花菜、お言葉に甘えなさい」

「お母さん……」

京平のマンションに泊まるという選択肢に、困惑の顔で彼を見る。

「花菜？　他にいい案でもあるのか？」

「……まだ一週間あるし……松葉杖に頼らなくても歩けるようになるかも……」

わたしの言葉に、京平は端正な顔に苦笑いを浮かべている。

「そうだよな。花菜のスーパー回復力に期待しておこうか」

絶対に治らないと思っているのだろう。わたしも自信はないけれど、コクッと真面目な顔で頷いた。

そして食事が終わると、京平は会社へ戻っていった。

その夜、左足首の痛みで目を覚ましたところへ、帰宅した葉月が顔を覗かせた。

「花菜、起きてる？」

「うん……」

「捻挫だって？　痛む？」

「……ズキズキしてきて目が覚めたの。痛み止めを飲まなきゃ。お水、取ってくれる？」

身体をなんとか起こし、痛み止めを水で流し込む。

「気をつけなきゃ。でも京平が甲斐甲斐しく世話してくれたんでしょう？」

「すごく頼もしかったよ。お姫さま抱っこを何度もしてくれて。ドキドキしちゃった」

「うわー、花菜の口からのろけが聞けるなんて」

葉月は笑いながらわたしをからかう。

「それに早くも同居！　いいな～」

「ありがたいけど、京平にも迷惑がかかっちゃうでしょう。申し訳ないなって」

今日だって送り届けてから仕事に戻ることがわかっていたら、終わるまで待っていたのに……。

「迷惑だったらそんな提案しないって。花菜が心配で仕方ないんだよ。じゃ、もう寝たほうがいいね。用があったら呼んで。おやすみ」

ここまでしてくれる理由が、ただの『婚約者だから』ではなくて、『好きだから』であってほしい。

「うん。サンキュ。おやすみ」

わたしが横になるのを待って、葉月は部屋の電気を消して出ていった。

第七章　献身的な男の意図は

一週間後。

明日から仕事に復帰。左足首は思ったより回復が遅くて、まだ少し動かしただけで痛みが走る。京平の考えているとおり、電車で通勤するのは無理なようだった。わたしの回復力とやらも人並みのよう。

わたしの怪我を知った京平のお母さまは、毎日いろいろな手土産を持ってお見舞いに来てくれた。お父さまも一度様子を見に同行してくれたけど、この一週間、京平とは一度も会っていない。

というのも、京平は急遽香港へ出張になり、日本にいなかったのだ。足の具合を尋ねるメールは数回あったものの、そっけない内容ばかりでがっかりするわたしだった。

あんなに優しかったのは恋人に対する愛ではなくて、家族になる相手に対しての愛だったのだと思うと、気持ちが落ち込むのは否めなかった。

必要な服や下着などをスーツケースに詰めて、京平の迎えを待っていた。これから会社を出る、とメールをもらったのは十九時。

京平が香港から帰ってきたのは昨日だった。出張後、休みもなく今日出社している。きっと疲れているよね。

少しでも京平のためになにかしたくて、足に負担がかからないようお母さんに手伝ってもらいながらお弁当を用意した。出張中の彼の食事面が気になっていたからだ。

インターホンが鳴って、早く帰宅していた葉月がドアを開けに行き、わたしも松葉杖をついて向かう。

ようやく玄関に着くと、開いているドアの向こうの少し離れたところで葉月が京平と話をしていた。

「花菜のこと、よろしくね」

彼女が京平に言っているのが聞こえた。

「お前に頼まれなくても、しっかり面倒は見るさ」

「ふふーん。必要以上の面倒を見るんじゃないの？　甘ーい新婚生活だわね」

葉月ったら、こっちが赤面しちゃうよ。

彼の声は聞こえなかった。それからすぐにふたりが玄関に入ってきた。

「京平、迎えに来てくれてありがとう」

「足首の具合はどうだ？」

京平はわたしの左足首に涼しげな視線を向ける。

「痛みはそれほどでもなくなったかな。松葉杖があればどこへでも行けるようになったよ」

わたしの言葉に、葉月が呆れたように口を開く。

「花菜っ、まだ痛いって言ってたじゃない。強がらなくていいのに」

「あれから一週間しか経っていないんだから、無理をしないほうがいい。荷物はこれ？」

京平はわたしの横に置いてあったスーツケースを持ち上げた。

お母さんはお弁当を手伝ってくれたあと、用事で出かけてしまっていて、見送りは葉月だけ。

「葉月、じゃあね」

「うん。足に負担かけないでよ？　京平が来るなって言っても、新婚家庭に遊びに行くからね～」

葉月は車まで見送りに出て、助手席に座ったわたしを楽しそうにからかう。

「もうっ、新婚家庭じゃないから」

トランクにスーツケースを入れ終えた京平が運転席に着いた。

車が動きだすと、わたしの膝の上の荷物に京平の視線が動く。

「それは？　足に負担がかかる。後ろに置くか」

「お弁当なの。そんなに重くないし、大丈夫。香港でちゃんと食べてた？　少し痩せたみたい」

「しっかり食ってたよ。五日もいると飽きたけどな。向こうは野菜が少ないんだ。弁当は花菜が？」

京平の顔が嬉しそうに見えるのは、気のせい？

「お母さんに手伝ってもらったけれどね。簡単な料理だから、期待しないで」

「手料理は久しぶりだ」

京平の言葉に、お弁当を作ってよかったと、にっこり笑った。

四十分後、車が京平の住むマンションの地下駐車場に到着した。京平はスーツケースとお弁当を持ち、松葉杖をついてゆっくり歩くわたしに歩調を合わせてくれる。

京平の部屋の玄関に入り、松葉杖の先を拭こうとすると、ふいに腕が膝の下に回って抱き上げられた。

「きゃっ！」

「お前、いい加減慣れろよ」

「そ、そんな。慣れるわけないよ」

慣れるほどお姫さま抱っこをされたわけじゃないし、こうされるのは一週間ぶりだ。

ソファにわたしを下ろし、京平は玄関に置いたお弁当箱とスーツケースを運んで、着替えのため部屋に消えていく。ローテーブルの上に置かれたお弁当箱を開ける前に、手を洗いに行こうと立ち上がる。

「あ……松葉杖……」

松葉杖はまだ玄関に置いたままだ。洗面所じゃなくキッチンで手を洗えば、近いからなんとか……。

左足首に気をつけながら歩こうとすると――。

「お前、なにしてるんだよ！」

「なにって、手を洗おうと……」

Tシャツとジーンズに着替えた京平はつかつかと近づいてきて、力強い腕でわたしを再び抱き上げる。

「それくらい待ってろよ。転んだらどうする？　しばらく出社できなくなるぞ」

呆れたように言って廊下を進み、わたしを洗面所へ連れていく。そこで壊れ物を置くようにわたしを床に下ろした。

わたしが手を洗っている間、松葉杖の先の部分を雑巾で綺麗に拭いている。

本当、几帳面なんだよね。

「これでＯＫ」

「ありがとう」

松葉杖を渡されて、自分の足でリビングに戻った。京平のマンションは段差がないからスムーズに歩けて、いい感じだ。

ソファに座ってお弁当箱を開けて待っていると、京平は冷蔵庫からミネラルウォーターのペットボトルとグラスをふたつ持ってきた。

「おっ！　いなり寿司か、うまそうだな」

「京平、好きだったよね。おいなりさんの中身も具だくさんだよ」

「小学生の頃の運動会を思い出すな。いただきます」

懐かしい表情になった京平はフッと微笑んで、いなり寿司を頬張った。

小学生のとき、運動会は両家でいつも一緒にお弁当を食べていたのを思い出す。今日作ったお弁当はその頃に食べた内容とほぼ同じだった。から揚げ、甘い卵焼き、ひと口サイズのハンバーグ、海老フライ、野菜の肉巻きなどで、京平はすべて美味しそうに食べてくれる。

「香港はどうだった？」

「新商品のプロモーションで忙しかったよ。夜は飲んでばかりで二日酔い続きだった」

彼は肩をすくめてみせる。

「香港へは行ったことないけど、夜景が綺麗なんでしょう？」

「まあな。じっくり見られなかったが。あ、そうだ。花菜、新婚旅行はどこへ行きたい？」

京平に言われて、すっかり新婚旅行を忘れていたことに気づいた。

「急に言われても……えっと、ハワイ？」

「なんで疑問形なんだよ。ハワイは定番過ぎて却下。何回か行ってるだろ？　もっと考えろよ」

「そんなこと言われても、すぐには出てこないよ。京平は行きたいところないの？」

「お前に任せる」

即答され、困惑する。

「お前に任せるって、ハワイは即却下だったじゃない」

わたしは頬を膨らませて京平を見る。

「十日間くらいで考えておけよ」

「う、うん」

なんでもないふうに装っていたけれど、新婚旅行のことを考えると楽しみでもあり、胸がドキドキしてくる。でも、現実味がない気もした。

結婚式場も予約して、ウエディングドレスまで決めているのに、本当に京平と結婚できるのか不安があった。


食事が終わり、案内された部屋は京平の寝室の向かいだった。八畳くらいの真ん中にセミダブルベッドが置かれている。

この部屋に入るのは初めてだ。まさかここにもベッドがあるとは思っていなかった。ホテルのような白いシーツに白の掛け布団。

このベッドを見た瞬間、気持ちが落ちていく感覚に襲われた。京平とわたしに隔たりがあるように感じられたのだ。京平に抱きしめられて眠りたいと思っていた自分の気持ちに気づく。

「家族が泊まりに来たときに使う部屋だ。特に遼平が使っているけど、ちゃんと寝具は替えてあるから」

「……う、うん。いろいろごめんなさい」

京平はわたしのスーツケースをベッドの近くに置く。

「風呂は入れないよな？　シャワー？」

「シャワーを……」

なんだかうまく京平と話せない。

「いつでも使って。滑らないよう慎重に動けよ」

京平がそっけなく感じられた。そんな彼の態度は、自分が思い描いていた同居生活と違うと思った。

食事をしていたときは、いい雰囲気だと思ったのに……。

葉月の言うとおり、わたしは甘い新婚さんのような生活を密かに期待していたことに気づいた。


翌日、京平の車で会社へ向かう。昨晩、朝食を作る必要はないと言われ、途中のコーヒーショップで彼がベーグルなどを買ってきてくれた。

松葉杖を使うのもだいぶ慣れてきて、地下駐車場で車を降りても、さっさとエレベーターホールへ行ける。

京平は先ほどコーヒーショップで買ったふたつの紙袋を持っている。エレベーターには誰も乗っていなかった。出社時刻が一時間ほど早いせいい。

エレベーターが十三階に到着すると、京平も降りようとした。

「ひとりで行けるから大丈夫」

「そうか？　気をつけろよ」

コーヒーとベーグルが入った紙袋を渡され、エレベーターを降りた。

ひとりになって歩き始めると、思ったより大変だった。広報室までの二十メートルがこんなに長いなんて思わなかった。

ＩＤカードをセキュリティボックスにタッチして入室すると、やはりまだ誰もいない。一週間ぶりに自分の席に座る。自己都合でこんなに長く休んだのは初めてで、自宅にいるときも仕事が気になって仕方なかった。森下さんが窓口になってメールを頻繁にくれていたけれど。

デスクの上にアイスコーヒーと、ブルーベリーの入ったクリームチーズベーグルを出してから、肘をついてそれらを見つめる。

毎日この時間だったら、誰もいないから遠慮なく食べられるけれど、いつでも人がいないわけではない。ここだと落ち着かないな……でも休憩室まで距離があるし。

「はぁ～」

専務室はいいよね。誰にも見られないで大きな口を開けてパクつけるから。

「明日からは簡単に作って食べてもらおう」

みんなが出社してこないうちにアイスコーヒーをひと口飲んで、ベーグルの包みを取って口にした。


デスクの上には報告書などが重ねられており、朝食を完食すると目を通し始めた。

しばらくして知世が出社してきた。

「花菜！　大丈夫⁉　無理して出てきたんじゃないの？　電車は平気だった？」

知世は隣へやってきて、矢継ぎ早に尋ねてくる。

「松葉杖を使えば歩けるから。迷惑かけてごめんね。大変だったでしょう？」

他の社員たちもいるので、今は京平のマンションから通っていることは言わないでおいた。

「無理しないでね」

まだ知世は心配そうな顔つきだ。

「知世。メール、ありがとうね」

そこへ佐々木部長が出社してきて、まっすぐわたしのところへ来る。

「檜垣さん、捻挫はどう？　こちらはなんとかやってたから、無理しなくてもよかったんだぞ」

「いいえ。ご迷惑をおかけして本当に申し訳ありませんでした。階段から落ちるなんて、思い返しても恥ずかしい限りです」

「いや、言っただろう？　あれは運が悪かったんだ。負担がかからないようにやってくれ」

そう言って佐々木部長は離れ、自分の席に向かう。オフィスにほぼ全員揃ったところで、わたしは松葉杖をつきながらスタッフに挨拶をして回った。

それから二日後の金曜日。だいぶ松葉杖を使い慣れてきたわたしは、外のコンビニへ行って昼食を買ってきた。

いつもランチを一緒にしている知世は、風邪をひいてしまい休んでいる。ひとりで外で食べるのが嫌でコンビニランチにした。

松葉杖で歩いていると、じろじろと見られる。いい加減に卒業したかったけれど、まだ体重をかけると痛く、松葉杖なしで歩ける状態ではない。

上からエレベーターがやってきた。端に寄って中から人々が降りるのを待っていたわたしの肩に、突然ドスンと衝撃が走り、その場に倒れてしまった。

「きゃっ！」

降りてきた女性と肩がぶつかったせいだ。その女性は倒れたわたしを気にせず、もうひとりの女性と共に去っていった。

「花菜さん！　大丈夫!?　痛いところはない？」

後ろからわたしを助け起こしてくれたのは、遼平だった。

「あ、ありがとう。驚いただけ……」

見知らぬ人でなく、遼平でよかった。転んでしまって気まずい。

「ひどい女だな。知らん顔してるなんて。秘書課の女って、お高くとまってるよな」

華やかな彼女たちを、わたしも見たことがあった。

「花菜さん、コンビニにいたでしょ。俺も数人後ろでレジに並んでたんだ」

遼平はコンビニの袋を掲げてみせる。

「ひとりだったら一緒に食べない？　話すの、久しぶりだし」

そう言って彼は手を差し出して、わたしのコンビニの袋を持ってくれる。

「遼平がひとりって、珍しいんじゃない？」

「たまにはね」

彼は人を惹きつける笑顔を浮かべた。


わたしたちは広報室のある十三階の休憩室で食べることにした。彼のいる第一営業部は九階にある。

「花菜さんはなにを飲む？」

遼平はわたしを丸テーブルの椅子に座らせ、無料で飲める自販機の前に立つ。

「お茶をお願い」

「OK～。俺はコーヒーにしようっと」

お茶とコーヒーのカップを持って、彼が戻ってくる。

「ねえ、あの秘書課の女、わざと花菜さんにぶつかったんじゃない？」

さっきの出来事が腑に落ちなかったらしく、遼平は食べる前に疑問を口にした。

「わざとじゃなかったら手を貸すだろうし。花菜さんと兄貴の婚約はみんなが驚いてたからな。兄貴を狙ってた女じゃないかな」

「松葉杖だと、鈍くさくなっちゃうから……」

わたしは苦笑いを浮かべて、おにぎりを食べ始めた。

京平が、玉の輿に乗りたい女性社員たちに狙われていたのは知っていたから、嫉妬もされるのだろうとは予想していた。

「でさ、同棲は楽しい？」

瞳を輝かせて見つめてくる遼平の様子に、おにぎりを咀嚼していたわたしは喉に詰まらせそうになる。

「……いきなりそんなこと聞かないで」

「俺はさ、兄貴と花菜さんの婚約、全然驚かなかったよ。ずっとお似合いだって思ってたし。そんなこと、葉月さんには少しも感じなかったな」

お似合いだと言われて嬉しかった。やっぱりわたしは京平に釣り合っていないと思い始めていたから。

「花菜さん、知ってる？　兄貴の香港出張さ、一週間繰り上げて行ったんだよ。向こうに都合つけさせてね」

「え……知らなかった。急だなとは思ったんだけど」

「予定では今頃だった。花菜さんのことを思って変更したんだよ。そんなことはひと遼平だった。
「花菜さん、兄貴に愛されてるね」
京平はどちらかというと精悍な顔立ちで、遼平は可愛い系。その顔をほころばせる
わたしのために……？
ことも口に出さないけどね」
仕事に戻ってからも、遼平の言葉が耳について離れない。
『愛されてるね』
本当は違う。うちに来いと提案したあと、香港出張に気づいたんだ。責任感が強い
京平だから、急遽予定を早めただけ。京平のマンションに住み始めて三日目なのに、
甘いことなんてなにもない。
わたしは京平に触れたいと思っているのに……。
「檜垣さん！　スタジオAの飯田さんから電話です」
真鍋くんの声でハッと我に返り、急いで受話器を取った。
そして飯田さんとの話が終わり、受話器を置いた途端、仕事用のスマホが振動した。
階段で落として画面が蜘蛛の巣状になってしまったスマホを、京平が新しいものに代

えておいてくれていた。

　着信は京平からだった。なんだろう？

「もしもし？」

『秘書課の者に倒されたって？　足は大丈夫か？』

「情報が早いのね」

　もちろん話したのは遼平だろうと思っていると――。

『岩下に聞いたんだ』

　あの場に岩下さんがいたんだ……。

「遼平かと思った。肩が触れてバランスを保っていられなくて倒れただけだから。たまたま遼平がいて、助け起こしてくれたの」

『怪我をしていなければいい。今日は接待だから、夕食はいらないと言うのを忘れていたんだ』

「うん。わかった」

　まだ三日目なのに、一緒に通勤したり朝晩の食事をしたりすることに慣れてしまって、京平が接待でいないことが寂しくなる。

『接待前に家まで送るよ』

「ううん。ここからなら近いからひとりで帰れるよ」

『いや、どっちにしろ明日、車を取りに行くのも面倒だしな』

明日は土曜日。出社予定はないらしい。

「京平に合わせるから。終わったら連絡して。地下駐車場に行く」

『わかった。じゃ』

通話が切れる。

京平の仕事の邪魔はしたくない。けれど寂しい思いもあって……最近弱くなったな。

京平の運転する車が、自宅マンションの地下駐車場へ着いた。

おそらくお酒を飲むから、京平は車を置いて一緒にエレベーターに乗り込み、一階で降りて再び銀座の接待場所へ出かけていった。わたしは二階で降りて、松葉杖でのろのろと部屋へ向かう。

カードキーで鍵を開け、中へ入ったとき、玄関に見知らぬ女性のパンプスがあることに気づいた。

え？　誰の？　朝はなかった……。

そのとき、このマンションのコンシェルジュの制服を着た女性が、俯きながらリビングのほうから走ってきた。

悲鳴を上げる間もなく、次の瞬間わたしはその女性と身体半分がぶつかり、跳ね飛ばされた。壁に背中をしたたかにぶつけ、松葉杖が手から離れてその場に倒れる。痛みと驚きで声が出せない。

わたしに目もくれず、ぶつかった女性はパンプスを慌てたように履き、玄関を出ていった。

女性が去っていった玄関を茫然と見つめて、数秒後、ハッと我に返る。

「今のって、泥棒……⁉」

コンシェルジュが部屋の中にいる理由がわからないし、あの慌てようはおかしい。

驚きのあまり手が震えて、松葉杖がうまく持てない。女性と衝突してバッグから散らばった荷物の中にスマホが見えて、手を伸ばした。

連絡をしなくては、と頭に浮かんだのは京平だ。でも、警察の対応ならわたしひとりでできる。彼は大事な接待があり、戻ってこさせるのは忍びない。あとで京平に連絡しようと、わたしはまず、先ほどロビーにいた別のコンシェルジュに確認してから警察に電話をした。

警察が到着し、盗られたものの確認と言われた時点で、やっぱり京平を呼ばなくてはならなくなった。

仕方なくわたしは京平に電話をした。彼は接待中にもかかわらず、すぐ電話に出た。

『花菜、どうした？』

電話の向こうは静かだ。接待の場所から抜け出したのかもしれない。

「京平、自宅に泥棒が入って……」

『なんだって⁉』

彼は驚いて、声を荒らげて続ける。

『花菜、お前は無事だったのか⁉　なにもされていないか⁉』

「うん。大丈夫。今警察が来ているんだけど、盗られたものを確認してほしいって」

『今すぐ帰る！』

京平が緊迫した声でそう言って、電話は切れた。


京平が戻ってきたときには、犯人は特定できていた。わたしも以前会ったことのあるコンシェルジュの女性で、彼女が最初に部屋に入り、バルコニーへ続く窓を開けて共犯の男性を入れたという。わたしにその男性を見なかったけど、女性が逃げた際にバルコニーから去ったとのこと。それらは廊下と庭に設置してある防犯カメラに鮮明に映っていた。

「なにも盗られていないようです」

京平は帰宅してからくまなく部屋を確認し、特に盗まれているものはない、と三十代と思われる警官に言った。

「女が侵入してから、婚約者の彼女が帰宅した時間まではほんの三分でした。その間にバルコニーの鍵を開け、男を招き入れたので、物色する時間がなかったのでしょう」

リビングで警官が京平に説明した。

そこにいるマンションのコンシェルジュの責任者である男性は始終恐縮していて、額から流れる汗をハンカチで拭いていた。

「高宮さま、従業員が本当に申し訳ありません」

ペコペコと平謝りの男性がかわいそうになる。京平は表情を崩さず、男性に向かって口を開く。

「今夜中に鍵を取り替えてください」

「それはもちろんでございます」

京平の注文に男性は大きく頷き、約束する。

そして警官が帰っていった。女性の名前が特定できているので、犯人はすぐに捕まりそうだ。

「花菜、行こう」

「えっ⁉　行こうって、どこへ……？」

わたしはキョトンとして、京平を見つめる。

「今夜はホテルに泊まる。一泊分の用意をするんだ。ほら、早く」

京平はわたしを部屋に向かわせ、コンシェルジュの責任者と話し始めた。

ホテルへ愛車で向かう間、京平は考え事をしているのか、口を開かなかった。車を運転しているということは、接待ではお酒を飲んでいなかったようだ。

時刻はもうすぐ二十二時になる。彼はビジネススーツから、カジュアルな薄手のニットとジーンズに着替えていた。

十五分後、車はベイサイドの最高級ホテルのエントランスに横付けされた。

予約をしていたようで、フロントですぐにチェックインができ、最上階の二十階の部屋へ向かう。それでも京平はずっと黙ったままで、わたしは困惑しっぱなしだ。

部屋に泥棒が入ったから、機嫌が悪いの？

　このホテルの部屋はジュニアスイートだった。贅沢だと思いつつも、京平の機嫌を考えてそんなことは言えず、身体中のこわ張りを取るためにベッドに横になりたかった。もしくは熱いお風呂へ。

　今日は二度もぶつかった拍子に転んでしまっていて、身体がきしむように痛んでいる。こういうとき、熱いお風呂に入りたいと思ってしまう。

　京平はバーカウンターへ行って、グラスにウイスキーを半分ほど注ぐと、一気に呷って飲み干した。

「京平……、どうしたの？　泥棒に入られたからショックなのはわかるけど」

　不機嫌そうな京平に近づき、背後からおそるおそる聞いてみる。彼は振り返ると、いきなりわたしの両腕を掴んだ。

「お前、どうしてすぐに連絡しないんだよ！」

「ご、ごめんなさい。警察を呼んでからでもいいかと……接待中だったし」

「花菜、お前になにかあったかもしれないんだぞ？　接待中でも、どうでもいいだろ？　なぜすぐに頼らない？　俺はそんなに頼りない存在なのか？」

　怒りを堪えるような、こんな京平は初めてだった。

「すぐに電話しなかったのは申し訳なかったよ。それに、京平を頼りないなんて思ったことは一度もない」

　気を遣ったつもりが、かえって怒らせてしまったようだ。まっすぐ見つめられていて視線を逸らすことができない。

「……悪かった。お前にもしものことがあったらと思ったら、気持ちを抑えられなくなった」

　京平は大きく息を漏らし、わたしの腕を掴んでいた手を放した。その途端、松葉杖が手から離れて、わたしはへなへなとその場にへたり込んでしまった。

「花菜!?　大丈夫か!?」

　京平はしゃがんで、わたしと目線を合わせて慌てた様子になる。

「う、うん……。なんか身体の力が抜けちゃって」

「あの女に体当たりされたんだろ?」

「体当たりってわけじゃ……でも、身体中がギシギシいってる」

　身体のせいもあったけれど、気持ちが緩んだみたいで涙まで出そうだ。

「腹も減ってるだろ。ルームサービスを頼もう」

「ん……」

　京平にわたしを抱き上げて、中央のソファに連れていってくれる。優しくなった彼にわがままを言ってみたくなる。

「京……平、わたし、熱いお風呂に入りたいの。でもひとりじゃ入れないから、手伝ってもらってもいい？」

お風呂を頼むということは、裸を京平に見られてしまう。すでに何度も見られているけど。

羞恥心を我慢してでも、今日はどうしても入りたかった。これはあり得ない出来事の後遺症？

「は、恥ずかしいから、京平は目を閉じて手伝って――」

「わかった。シャワーばかりだと湯船に浸かりたくなるよな。ちょっと待ってろ」

京平はわたしから離れると、バスルームへ消えていった。

包帯をしている左足にお湯が入らないように、厚手のビニール袋を二重にしてテープで止めていたわたしの元へ、京平が戻ってきた。

「お湯がもうすぐいっぱいになる」

「う、うん。ありがとう」

自分で頼んだくせに、彼の前で服を脱ぎたくない。

松葉杖でバスルームまで行こうとした身体が、ふわりと浮く。京平がわたしを抱き上げて連れていき、大理石の床に静かに下ろされる。そこまでは恥ずかしくなかったのに、彼がブラウスのボタンを外そうとした。わたしは急いでその手を止める。

「京平、あっち向いてて」

「お前の裸はすでに見てるんだけど？」

「そ、それでも恥ずかしいのっ。お願い、向こうを……」

からかっていたのか、京平はフッと笑みを漏らして、わたしの言うとおりにしてくれた。

ブラウスのボタンを外すわたしの手が震えている。やっぱりお風呂に入りたいって言わなければよかった、と後悔していた。

「まだか？」

「も、もう少し……」

身につけていたものをようやく脱ぐと、バスタオルを巻いて京平に背を向ける。

「お願いだから目をつぶってて」

「お前な、目を閉じてて介助ができるかっつーの。ちょっと待ってろ」

後ろを向いて言われたとおり待っているわたしの耳に、なぜだか衣擦れの音が聞こえてきた。

「な、なにしてるの……？」

「お前の羞恥心を消してやるよ」

そう言った京平は、背後から力強い腕でわたしを抱き上げた。

「あ、きゃっ！」

わたしから見えるところだけでも、彼はなにも身につけていなかった。

「京平も裸なのっ？」

「少し黙ってろ」

京平はバスタブの前でわたしを下ろし、身体に巻いているバスタオルをサッとはぎ取った。それから彼はバスタブの中へ自ら入り、両手を差し出す。

「縁に座ってから、ゆっくり腰を落とせ」

「う、うん……」

京平の力強い腕に支えられて、わたしは静かに湯船に身体を沈めた。後ろから京平に抱きしめられている格好で、もちろん左足は湯船から出している。

さすがジュニアスイートのバスルーム。バスタブは大人がふたり入っても余裕があって、隣にシャワールームがある。

後ろから京平に抱きかかえられるようにしていると、心臓がありえないくらいに音をたてているのがわかる。

「身体の力を抜けよ。それじゃあ、なんのために入ったのかわからないだろ」

「そんなこと言っても……」

胸の下に留まっていた京平の片方の腕が外された。その手がわたしの髪の毛を優しく撫でつける。

「な、なにしてるの……？」

そう聞いた途端、うなじに唇が落とされた。

「お前の胸って、大きいよな。俺、我慢の限界」

そう言って、京平の唇は頬を撫でるように滑っていく。

「あっ……」

身体がビクッと跳ね、上げていた左足が落ちそうになる。

「っ、京平、ダ、ダメっ……」

微かな抵抗もできず、京平は肩や湯船から出ている背中にキスを落としていく。そして右手が上にずれて、胸の膨らみを包み込んだ。

ホテルのバスローブを身につけたわたしを、京平はリビングのソファに運ぶ。翻弄されただけで最後までいかなかったせいなのか、まだわたしの身体は火照りと乱れる鼓動に困惑している。

同じバスローブを着ている京平は受話器を上げて、ルームサービスを頼んでいた。電話を済ませ、炭酸水と缶ビールを持ってくる。

「包帯、濡れなかったか?」

「大丈夫……」

ペットボトルに入った炭酸水を渡し、缶ビールのプルトップを開けてゴクゴクと喉に流し込む。

動く喉ぼとけにさえ京平の男らしさを感じ、視線を外せなくなってしまう。気持ちを振りはらうように小さく頭を左右に振ると、炭酸水を口にした。

隣に腰を下ろした彼は、驚くことに腕をわたしの肩に回す。

「髪が濡れているな」

わたしの髪へ触れる指先。彼は持っていた缶ビールをテーブルに置いて立ち上がり、バスルームのほうへ行ってしまった。

はぁ～、ドキドキした。抱き上げられるのは慣れてきたけれど、ふいに触れられると、静まりかけていた心臓が暴れ始める。

京平はドライヤーを手にして戻ってきた。

「コンセントは……あそこか」

ドライヤーをテーブルに置いてわたしのところにやってきて、おもむろに抱き上げた。わたしは窓に向かって配置されているデスクの椅子に座らされたのち、濡れた髪にドライヤーの温かい風が当てられる。

「これくらい自分でできるよ」

ドライヤーを貸してもらおうと手を差し出すと、頭をまっすぐにさせられる。

「夜景でも見てろ」

そう言われて、仕方なく窓の外に視線を向けた。今まで京平にドキドキさせられっぱなしだったから、ずっと夜景まで気が回らなかった。気づくと窓の外には、ベイサイドの有名な橋のイルミネーションが宝石のように輝いていた。

「あ、綺麗……」

わたしの口から、小さく感嘆のため息が漏れた。

髪が乾ききったあとも、わたしはまだその場で夜景を眺めていた。そうしないと京平を意識してしまい、気まずくなりそうだった。

十五分くらい経っただろうか、ドアチャイムが鳴って、京平が開けに行く。

ボーイがダイニングテーブルに料理を並べている間、バスローブ姿のわたしは恥ずかしくて振り向けなかった。デスクの下に隠れてしまいたいくらいだ。

「もう行ったぞ」

京平の声でハッとして顔を上げると、口元を緩ませている彼と目が合う。

「お前って可愛いな」

か、可愛いっ？

京平に初めて言われ、かぁーっと顔が熱くなる。

「真っ赤になるところも可愛い」

「きょ、京平？　どうしちゃったの？　おかしいよ……？」

挙動不審な人さながら、視線を京平から逸らす。両頬に手を当てながら、熱さが去っていくようにと祈るばかりだ。

再び抱き上げられて、ダイニングテーブルの椅子に座らせてもらった。

「美味しそうな神戸牛のステーキだぞ。食べよう」

京平も席に着いて、ビールを飲みながら食べ始める。

「いただきます」

わたしもフォークを持ってサラダを口に運んだ。ひと口食べてから、疑問に思っていたことを聞いてみる。

「京平、コンシェルジュの人だけど……」

「ん？　泥棒の？」

「うん。お見合いの日に、マンションへ連れていってくれたでしょう？　あの人がロビーにいて頭を下げられたとき、京平の表情が硬かったの。どうしてなのかなってずっと思っていた。他のコンシェルジュには挨拶しているのに」

一緒に出社するようになって、他のコンシェルジュと会っても、京平は彼女にしたような態度ではなかった。

「花菜、お前って意外と鋭いんだよな」

「意外と、って……」

「あの女、以前やけに親しげに話しかけてボディタッチしてきたんだよ。プライベートのことも聞き出そうとするしな。俺、そういう女は嫌いなんだ。それから距離を置くようにしていた」

京平は大きくため息を漏らし、肩をすくめた。

コンシェルジュの女性は京平が好きだったのかも……でも、冷たくされてひどいことをしようとした。それが真相なのかな。

「寝ようか。いろいろあったから疲れているだろ」

歯磨きを終えたわたしを抱き上げようとした京平。わたしはその手を掴んで止める。

「ひとりで行けるから大丈夫だよ。何度も何度も悪いと思ってるの」

「悪いなんて思わなくていい。少しは甘えろよ」

制した手を外した京平は、わたしを抱きかかえた。

お姫さま抱っこをされてベッドに行けば、キスしてほしくなる。だから精いっぱいの抵抗だったのに……。

「わたしも小柄じゃないけれど、葉月ほどじゃなくてよかったのかも」

「ん？」

ベッドルームに向かいながら言うと、京平が首を傾ける。

「だって、葉月は身長が百七十センチあるから、抱き上げづらいでしょ？」

「葉月をこうやって抱き上げるわけないだろ。あいつだったら、勝手に松葉杖で歩かせる」

その言葉の意味がわからなくて返事ができないまま、キングサイズのベッドの上に座らされる。

「俺が今なんでもしてやりたいと思うのは、お前だ」

「京平……」

それもよくわからない。『好きだ。愛している』……その言葉を京平は言わないから、やっぱり婚約者としての義務なのだろうか？

視線をシーツに落としたとき、耳の後ろから頬にかけて包み込むように手が置かれ、京平のほうへ引き寄せられた。そして唇が塞がれた。

「ずっと抱きたかった」

「えっ……でも、京平。どうしてベッドルームを別に……」

キスを中断した彼はフッと笑みを浮かべる。

「寝ている間に、お前の捻挫した足にぶつかるかもしれないだろ」

「あ……」

ベッドルームを分けたのは京平の優しさだったんだ……。愛されなくてもいい。こうして一緒に過ごすのが、わたしの幸せ。

わたしは京平の首に腕を伸ばし、唇を重ねた。

ゆっくりシーツに押し倒されていく身体。足を気遣いながら京平は、バスルームでわたしの中でくすぶっていた熱情を、たちどころに再燃させた。

翌日、マンションに帰宅したところで京平のスマホに警察から電話があり、犯人が捕まったとのこと。

マンションの鍵も替えられ、なおかつ指紋認証までつけられていた。カードキーを出さずに指紋だけでも部屋の中に入れるという優れもの。

そのあとの京平との同居生活は毎日が楽しく、仕事も順調。休日は結婚式を挙げるホテルで打ち合わせがあったり、実家に顔を出したり、映画を観に行ったりと充実していた。

捻挫生活は、それから十五日ほどで松葉杖を使わなくてもよくなった。一ヵ月経った今は違和感はあるものの、痛みはなく通勤に支障もない。

もうそろそろ成城の自宅へ帰らなくては……そう思っても、ずっと一緒にいたい気持ちが大きく心を占める。あと約四ヵ月経たないうちにまたここで生活するのに。

京平もなにも言わないから、甘えて住まわせてもらっていた。

第八章　別れる決心

今日の仕事は順調に進んでいる。この分だと、ブランドプロモーション部から誘われている食事会に遅刻せずに済みそうだ。

昼食後、明後日の会議資料を作っていたわたしのデスク上の内線が鳴った。

「はい。檜垣です」

『秘書課です。高宮専務から伝言なのですが』

「はい。どうぞ」

『先ほど届けられたファンデーションのサンプルですが、間違ってそちらへ行ってしまったらしく、それは大会議室Aへ置いておいてほしいそうです。のちほど会議に使われるとのことで』

わたしは受話器を持ちながら、ドアの近くに置かれたダンボールひと箱へ視線を動かす。

「わかりました。これから届けておきます」

『あ、檜垣さんに来てほしいとのことなので、お願いします』

秘書課の女性は言いづらそうに口にして、電話が切れた。

わたしは椅子から立ち上がってダンボール箱に近づく。箱は縦長で、持ってみるとそれほど重さはなくホッとした。


エレベーターに乗って、七階の大会議室へ向かう。

指定された大会議室のドアには【空室】のプレート。ダンボール箱を持ちながらドアノブを回して開けた瞬間、わたしは固まった。なぜなら暗い部屋でプロジェクターが回り、重役たちが座っていたから。

「も、申し訳ありません！」

頭を下げた途端、後ろから強い力で背中を押された。

「きゃっ！」

前のめりになって、ぶざまに転んでしまった。ダンボール箱が手から離れ、中からサンプルが飛び出る。

直後、部屋の電気が点けられ、全員の目がわたしに向けられた。重役たちのいるところで失態を見せてしまい、青くなりながら立ち上がる。

「まったく。会議中に、君はどこの部署の者だ!?」

わたしからちょうど真正面に座っている重役のひとりが、憤慨して叱責してくる。

「申し訳ございません！」

頭をこれ以上ないほど深く下げたわたしの身体が、誰かの手によって起こされた。

顔を向けると京平だった。

「た、高宮専務、申し訳ありません。すぐに片づけます！」

こんな失態を好きな人に見られていたと知って、もう泣きそうだ。それにサンプルと言えど、中身が粉々になっていたら大変なことになる。

急いでしゃがんだわたしは、散らばったサンプルを拾う。ダンボール箱に入れようとした手が掴まれ、立たされた。

「高宮専務……？」

「右田(みぎた)常務、重役方、すみません。いい機会なので、わたしの婚約者を紹介します」

真面目な顔で突然紹介すると言われて、わたしの目は驚きで見開かれる。

「彼女は広報室の檜垣花菜です。どうやら連絡の行き違いがあったようで、申し訳ありません」

京平に堂々と紹介され、また頭を下げるわたしだ。

「そ、そうだったのか。君が専務の婚約者か」

重役たちはわたしが京平の婚約者と知り、表情を和らげる。そこへ社長が口を開く。

「花菜さん、痛かっただろう。ゆっくりでいいよ。みなさん、少し休憩にしましょう」

社長の言葉で、重役たちは談笑し始める。

「本当に申し訳ありません」

社長の気遣いが身に染みたところで、京平の声がした。

「どこも怪我をしていないか？」

気遣う声に、わたしは首を左右に振る。

「大丈夫です」

その答えに満足しなかったのか、京平はしゃがみ込んで、スカートから覗くわたしの膝の辺りを見ている。そして長い指がストッキングの上から膝頭に触れ、わたしはビクッと身体を跳ねさせてしまう。

重役たちがいる前なのに。青ざめた顔が赤くなりそうだ。

「打撲している。戻ったら少し冷やしたほうがいい。すごい音がしたからな」

「……はい」

急いでサンプルを拾う。京平も手伝ってくれて、あっという間に終わったが、わたしにとっては超絶に長い時間に思えた。

「ありがとうございます」

　ダンボール箱を持って会議室を出ようとすると、京平がそれをわたしの手から取り上げる。

「これはここに置いておいていい」

「でも、中身の確認をしなくては――」

「あとで広報室へ持っていく」

ダンボール箱を隅に置いた京平は、わたしの手を掴んで廊下に出る。会議室のドアが閉まり、その場にへたり込みそうになるのを堪えて彼を見る。

「会議中にすみませんでした」

「どうして会議室に？」

京平は不思議そうに首を傾げる。

「……高宮専務からの伝言で、大会議室へ持ってきてほしいと秘書課から電話をもらいまして」

でも、わたしはすでにこれが秘書課の嫌がらせだと悟っていた。後ろから押したのも秘書課の誰かなのだろう。電話では気づかなかったけれど、京平の秘書は岩下さん。京平の指示なら、彼から連絡が来るはずだ。

「なるほど……」

京平は口元を引きしめて頷く。

「……なるほど？」

意味がわからずにいると、腰に腕が回り、引き寄せられた。

「た、高宮専務っ？」

京平の顔が慌てるわたしに近づいて、唇が重ねられた。離れようとするわたしを彼は逃がさない。

「しーっ。嫌がらせをしたやつらに見せつけてやれ」

彼は不敵に笑い、もう一度唇にキスをした。そして、茫然とするわたしの頭に手を置くと、会議室へ入っていった。

見せつけてやれ、って……。

今の場面を、嫌がらせをした人は見ていたのかな。そんなことを考えながらエレベーターホールに足を進めて、広報室へ戻った。

それから二時間が経ち、広報室へ菅野部長がやってきた。わたしのデスクまで来ると、書類をポンと置く。

「檜垣さん、これよろしく」

「菅野部長、わたしが取りに伺いましたのに」

「いいんだ。ついでだったし。今夜の食事会、忘れていないよね？」

椅子から立ち上がり頭を下げたわたしに、菅野部長は持ち前の魅力的な笑みを浮かべる。

「はい。森下と真鍋、村田の四人で参加させていただきます」

今日はブランドプロモーション部の食事会に参加させてもらう。わたしたちが担当した商品の広報活動が一段落し、慰労会を兼ねて、一緒に食事をすることになった。

菅野部長はわたしから、隣の席で仕事をしていた知世に視線を向ける。

「村田さん、待ってるからね」

急に声をかけられて、知世は慌てて椅子から立ち上がった。

「は、はい！　ありがとうございます！」

わたしが休んでいるときに数回話をしたらしいけれど、知世はまだ菅野部長に慣れないようで、緊張した面持ちで返事をしてから頭を下げる。

「それと、さっき聞いたんだけどさ」

菅野部長はニヤニヤ顔をわたしに向ける。

「は……い？」

笑いを堪えきれていない彼の顔に首を傾げる。

「会議室の廊下で、高宮専務と檜垣さんがキスしていたって噂が飛んでいるよ」

「ええっ!?」

ほんの二時間前のことなのに、もう菅野部長が知っているなんて……。

「うわっ、本当のことなんだ？　檜垣さん、顔が真っ赤だよ」

「こ、これにはわけがありまして……」

恥ずかしくて菅野部長の顔が見られない。

「キスにわけもなにもないんじゃないか？　俺も君が恋人だったら、キスしたい衝動を抑えられないだろうな。まあ、高宮専務を怒らせないように、秘書課の取り巻きたちもこれで嫌がらせをしなくなると思うよ。じゃ、あとでね」

菅野部長は笑いながらさりげなく片手を上げて、広報室を出ていった。

彼がなにもかも知っていることに驚きつつ、わたしは大きく吐息を漏らす。

「花菜？　今の話、聞こえちゃったんだけど？　キスって？」

隣の席の知世が、脱力したように椅子に腰かけたわたしに聞いてくる。興味津々の顔に、仕方なく先ほどの秘書課の嫌がらせを話す。

「そうだったんだ。もう結婚するって決まっているのに、今さら嫌がらせって……でも、高宮専務、格好いいわ！　見せつけてやれ、って。んー、もう！　花菜ったら愛されてるぅ」

「それより、知世。菅野部長と話すとき、緊張していたね？」

ずっとこの話を引きずりそうで、話を変えようと菅野部長を出す。

「急に話しかけられてびっくりした。ブランドプロモーション部の菅野部長だよ？　緊張しないほうがおかしいって」

チャラい性格はさておき、菅野部長のイケメン度と、三十代と若いのに手にしている部長という地位のおかげで、ごく普通の社員にとっては高嶺（たかね）の花の存在。でも菅野部長に比べたら、京平はもっと手の届かない存在なんだろうな。

「専務の未来の奥さまは、なんとも思わないんだろうけどねっ」

茶目っ気たっぷりに言われて、わたしは即座に首を横に振る。

「わたしだって最初は緊張してたよ。でも、気軽に話しかけてくれるから」

「わたしはまだダメ。もっと話したいのに」

「知世、新庄くんとはどうしたの？」

彼女の恋バナを、以前のランチのとき以来聞いていなかった。

「続いているけど、いまだに友達以上恋人未満だから、いろいろ考えちゃうんだよね」

「そっか……余計なことかもしれないけれど、菅野部長には気をつけてね」

彼女が菅野部長に惹かれつつあることに気づいて、やんわりと言ってみる。知世は顔をわたしの耳元に近づけた。

「……気をつけなくてもいいかな」

「知世⁉」

「もうそれなりにわかってる年齢だし。ちょっと頑張ってみようかなって思ってる」

そうだったんだ……知世はすでに菅野部長を好きになっていたんだ。

「……うん。そういうことなら、なにも言わない」

「健闘を祈ってて」

知世はクリッとした目でにっこり笑った。


食事会の場所は銀座にある創作和食の店だった。会社から歩いて七分ほどのところにあって、十九時半ぴったりに着くようにわたしたちは歩いていた。

「花菜さん、創作和食だと日本酒が美味しそうですね」

隣を歩く真鍋くんが、人を避けながら話しかけてくる。

「そうだね。初めてのところだから楽しみ」

「すべて費用は会社持ち！　パルフェ・ミューズ・ジャパンへ入って以来ですよ」

「わたしも初めてよ」

今回はご褒美的な食事会だった。京平が来られなくて残念でもある。ブランドプロモーション部の責任者なのに。

最近の京平は忙しくて、夕食を家で食べられていない。帰宅はいつも真夜中を過ぎていた。

店に到着して中へ入ると、着物姿の仲居さんに個室へ案内される。総勢十五人のうち、すでにあと三人ほど残して揃っていた。

「入って、入って！」

上座に座っていた菅野部長がわたしたちを手招きする。空席が菅野部長の対面側の一列四席。わたしは知世に、菅野部長に一番近い、彼の目の前の席に座ってもらった。

わたしとしては菅野部長と親しくなって、知世に傷ついてほしくない。でも、縁はどんなところにあるのかわからない。菅野部長にとって、知世が最愛の人にならないとも限らない。

「乾杯をしよう」

十五人全員が揃ったところで、菅野部長が立ち上がって、ビールが注がれたグラスを持つ。

「今期最高の売り上げを、上層部が大変喜んでいるとのことです。ブランドプロモーション部の面々、広報室のみなさん、お疲れさまでした。今日の食事の費用は社長からのポケットマネーですが、なにとぞ内緒で」

菅野部長は「乾杯」と言って、グラスを掲げた。

みんなが思い思いにグラス同士を当てて乾杯している。わたしも知世や森下さん、真鍋くんとグラスを合わせる。

社長からのポケットマネーだったのね。一部の社員だけが会社のお金で恩恵を受けるのは芳しくない。

知世は緊張しながらも、菅野部長と話をしている。知世は結構お酒が飲めるから、菅野部長のいい相手になるかも。

わたしは最初の一杯だけビールで、そのあとは烏龍茶。お料理はとても美味しく、絶妙な味つけは京平にも食べさせてあげたくて、頭の中にわたしがわかる範囲で、どんな調味料が使われているかインプットする。

しばらくしてから個室のふすまが開いて、華やかな花柄のワンピースを着た女性が入ってきた。沙織さんだ。

彼女にすぐ気づいた萱野部長は立ち上がり、沙織さんを席まで案内する。萱野部長の右隣に座っていたブランドプロモーション部の男性が移動して、沙織さんはそこに座る。ちょうどわたしの前の席になる。

知世と森下さんが沙織さんに直接会ったのは初めてで、あまりの美しさにぼうっとしている。

沙織さんと目が合い、わたしは会釈をした。

「ひどい捻挫をしたって聞いたわ。もう大丈夫なの？」

「はい。ありがとうございます」

わたしのことを誰が話したのか。京平が？

萱野部長なのかもしれない。わたしの話なんてしなくていいのに……。

沙織さんはグラスに入ったビールを持ち上げ、誰ともなく上品に頭を下げると、ひと口飲む。

沙織さんの登場で、ぼうっと見入っていた知世は萱野部長を取られてしまった。顔には出さないけれど複雑な気持ちなんだろうな。

「知世、お疲れさまでした。いない間ありがとう」

知世が冷酒を飲んでいたので、わたしはお酌をした。

「お礼はもう何度も言ってくれたでしょ。わたしも楽しかったわ。あ、結婚しても仕事は辞めないよね？　花菜が辞めたら広報室が大変になるわ」

「辞めないけど、わたしがいなくても大変にならないって」

知世は頼りにしてくれているけれど、広報室のわたしの位置付けなんてたいしたことない。誰がやってもできる仕事ではないだろうか。

でも、今回の仕事は大変で、失敗が許されない緊張感の分、やり甲斐があった。また任せてほしい気持ちもある。

「知世、レストルームに行ってくるね」

わたしは知世に耳打ちして立ち上がった。


レストルームで手を洗っていると、沙織さんが入ってきた。葉月ほどの身長はないけれど、本当に華奢で、守ってあげたくなる雰囲気の人だ。

彼女が京平の元カノ……。

「ねえ、最近の京平は帰宅が遅くない？」

「えっ？」

わたしはふいに発せられた彼女の言葉に、小首を傾げて見つめる。

「仕事をしていると思っていたのね？　同じ会社にいるのに、よく騙せたこと」

「なにを言っているのか……」

「毎日じゃないけれど、京平はわたしのところへ来てくれているの。あ、そうそう、自宅に泥棒が入ったときも、彼、うちにいたのよ」

沙織さんの話は衝撃的で、わたしの目が大きく見開かれる。

「嘘……」

彼女は嘘を言っている。京平を信じたかった。

でも嘘だったら、どうして泥棒が入ったことを知っているの？　そんなことをわざわざ話す京平じゃない。あのとき、電話の向こうはとても静かだった。接待じゃなくて沙織さんの部屋にいたのだったら、静かなのも納得してしまう。

「嘘は言っていないわよ。もうすぐここへ京平が来るわ。その場で聞いてみる？」

「京平がここに来る……？」

ブランドプロモーション部との食事会があると話したとき、京平は自分も行くなんて言わなかった。ただ『楽しんできて』と言っただけ。

急に来られるようになったとも考えられる。でも、どうして沙織さんが知っているの……？

わたしの心に不安が広がっていく。

「京平と結婚したかったけれど、諦めるわ。だけど、結婚後も彼はわたしのところへ通ってくれる。あなたは形だけの妻。京平の心はわたしのものよ」

この人は……いったいなにを……言ってるの？

寒くないのに身体が小刻みに震えてくる。なにかに捕まっていないと、へたり込んでしまいそうだった。

そこへ——。

「花菜！　遅いと思ったら、沙織さんと話していたのね！」

知世だった。彼女のおかげで意識が浮上した。

「う、うん。知世、行こう」

沙織さんになにを言えばいいかわからない。なにを聞けば……。

知世と歩きながら、頭の中では先ほどの会話が繰り返されている。

部屋に戻ると、驚くことに沙織さんが座っていた隣に京平がいて、菅野部長と話をしていた。

声が出せない。沙織さんが、来ると言っていたのは本当だったんだ。

彼に見える。


「花菜？　どうした？」

ぼうっと突っ立っていたわたしに気づいた京平が、声をかけてくる。普段どおりの
「く、来るって、言っていなかったから……」

「仕事が片づいたから気分転換に来たんだ」

京平は冷酒を飲んでいた。

「そうなんだ」

わたしは動揺を必死に隠しながら、腰を下ろした。そこへ沙織さんが戻ってきて、笑みを浮かべながら自分の席へ座る。

「高宮専務、お疲れさまです」

沙織さんはさっき『京平』と呼び捨てをしていたのに、みんなの前では『高宮専務』と呼ぶ。それが余計に親しげに感じてしまう。

そもそもどうして沙織さんの隣に座っているの？

菅野部長と京平の間に沙織さんがいる。楽しそうに会話が弾んでいて、胸が締めつけられるように痛くなった。

わたしは頭の中で、京平と沙織さんの関係ばかり考えてしまっている。

「――菜さん、花菜さん？」

「えっ？　も、森下さん、な、なあに？」

森下さんが話しかけてきて、現実の世界に引き戻される。

「高宮専務って、素敵ですね。わたし、こんな間近で見るのは初めてなんです」

お酒のせいか、頬がほんのり赤い森下さんは、京平から目が離せない感じだ。

「あんなに格好いいんですから、結婚しても大変ですね？」

森下さんは、京平からわたしにようやく視線を向けて言う。

「結婚しても大変……？」

なにが大変なの……？　森下さんが沙織さんのことを知っているわけないし……。

「高宮専務なら、結婚していてもかまわないって女性がたくさんいそうです」

わたしは森下さんの言葉を笑い飛ばせなかった。さっき沙織さんに言われた言葉がまさにそうだから。

「ちょっと、森下さんったら、ラブラブのカップルになにを言ってるのよ」

わたしたちのほうを覗き込むようにした知世が笑いながら、森下さんをたしなめる。

「すみません。高宮専務がとっても素敵なので、つい変なことを言っちゃいました」

森下さんは舌をペロッと出して肩をすくめた。

「花菜、食べていないじゃない。ほら、穴子のお寿司、美味しいよ」

知世はわたしの皿に料理を数点取り分けてくれた。

穴子のお寿司を口に運びながら、つい京平と沙織さんへ目を向けてしまう。もっぱら京平は菅野部長と話をしているけれど、ときどき沙織さんが口を挟んでいる。彼らはドラマの中の登場人物たちみたいに素敵で、仲のいい三人組って感じだ。

そろそろお開きに、ということで、誰かが二次会へ行こうと相談している。

菅野部長がもちろん行くと言っているのを聞いて、知世は参加したそうだ。

「花菜たち、まだいいでしょう？　行こうよ」

ひとりで参加するのは嫌みたいで、わたしや森下さん、真鍋くんを誘う。

わたしは京平へ視線を向ける。二次会へ京平も来てくれる？

「うん、いいよ。京――」

京平も二次会に行くよね？と言いかけたとき、沙織さんが遮った。

「わたし、飲み過ぎちゃって……高宮専務、送ってくれますか？　檜垣さん、高宮専務をお借りしていいかしら？」

みんなが聞いている前で、沙織さんはわたしにお伺いを立ててくる。

この状況で『嫌だ』と言えないのを沙織さんはわかっているのだ。わたしは戸惑いの瞳を京平に向けた。

わたしと目が合った京平は、無表情で菅野部長に顔を動かす。

「菅野部長が送ってくれないか?」

京平の言葉に、わたしは泣きそうなほど安堵した。

「俺がですかっ?」

「ああ。俺がみんなを二次会へ連れていく。場所をメールで送っておくから、あとで来ればいい」

京平はサラッとそう言ってのけたけれど——。

「わたしは品行方正な高宮専務がいいの」

沙織さんは一歩下がって、京平のそばにぴったりくっつくように立つ。

「俺は品行方正じゃないからな」

菅野部長はイケメンの顔に苦笑いを浮かべた。

「ねっ、檜垣さん、いいでしょう?」

その場にいたみんながわたしに注目している。

「……そうですね。高宮専務が送っていくのがいいと思います」

口にしながら、胸が痛かった。本心ではない。けれど、京平が先に断ってくれたのは嬉しかった。

「花菜、彼女を送ったら二次会へ行くから」

京平のほんの少し後ろにいる沙織さんが、勝ち誇った顔になるのが見えた。

「ううん。先に帰って。ここのところずっと遅かったし、疲れているでしょう?」

わたし、なんで意地張ってるの……? 二次会の場所に来てもらえばいいのに……。

「わかった」

口元を引きしめ、不機嫌そうな表情になった京平は、沙織さんと共に部屋を出ていった。

どうして機嫌が悪くなるの? 沙織さんの話が本当なら、あんな顔になるのは意味不明なんだけど。

心の中で腹を立てたのち、気分がどん底に落ち込んでいく。

「檜垣さん、行こう」

菅野部長は悪いと思ったのか、わたしに優しい笑みを向けた。

二次会のダイニングバーへは、ほぼ全員が集合した。今日は金曜日で、明日が休みのせいもあるだろう。

ここへ来て一時間は経っていた。参加してみたものの、京平が気になってみんなの話に集中できない。

もう送り届けて帰宅途中？　それとも……。

わたしの脳裏に、沙織さんの部屋で抱き合っている姿が浮かんで離れない。今日、京平が来ることを沙織さんはどうして知っていたのか……。彼女の言うとおり、ふたりはまだ別れていないのかもしれない。

こんなことなら一緒に送っていけばよかった。なんで思いつかなかったんだろう。

「花菜、ぼんやりしてどうしたの？」

今まで菅野部長と話をしていた知世は、少し離れて座るわたしのところへやってきて首を傾げる。

「帰ろうかなって……」

「婚約者が心配なんだね？　ま、沙織さんと一緒じゃ気になるのも無理はない。彼女、高宮専務に気があるように見えるし」

知世はわたしより深いため息を漏らす。

京平には先に帰るように言ったけれど、二次会に来てほしい気持ちもあった。実際、今も待っている自分がいた。京平は疲れているはずなのに、ひどい女だ。

彼女が元カノだったと知世に話したくなるが、わたしは小さく笑うだけにした。

「それよりも知世、菅野部長と話が盛り上がってたみたいだったね？　どう？」

わたしは知世のほうに顔を寄せ、まわりに聞こえないように声を小さくした。

「普通に盛り上がったかな。でもさぁ、女だったらすぐデートに誘うって噂なのに、そんな話、出なかったのがショックで。わたしって魅力がないのかな……」

「そんなことないよ。今は広報の関係で誘えなかったんじゃないかな」

知世が誘われなかったことに、内心ホッとしている。菅野部長は女性の扱いに長けていて、知世が遊ばれるのではないかと思っていたから。

それから知世は真鍋くんに呼ばれて席を離れた。ひとりになって、ふいにバッグからスマホを取り出す。時刻は二十三時になろうとしていた。もうそろそろお開きだろう。京平からメールはなかった。もしかしたら入っているのではないかと期待してスマホを出してみたのだけど。

「檜垣さん、時間気になる？」

いつの間にか菅野部長がすぐ近くにいた。

「いいえ、メールチェックです」

わたしはスマホをバッグにしまい、菅野部長に視線を向ける。

「メールチェックか。高宮専務から？」

「ま、まあ……いろいろです」

やんわりと笑みを浮かべて、手元のオレンジジュースが入ったグラスを手にする。

「ね、村田さんは彼氏いる？」

「……誘うつもりですか？」

牽制（けんせい）の意味で、ちょっときつい声で言ってみる。

「おっ、直球だね？　今日はホテルに誘わないよ」

「そ、そういう意味で言ったのではないです！」

いきなりホテルに誘うなんて速攻過ぎるでしょう。そんなこと思ってもみなかった。

やっぱり噂どおり手の早い人なんだ。

「顔を真っ赤にさせちゃって。檜垣さんって、可愛いよね。高宮専務と同棲までしちゃってるのに」

「からかわないでくださいっ。それ、セクハラですよ？」

〝同棲＝セックス〟と示唆されて、わたしは顔から火が出そうだった。

「う〜ん。本当に可愛いな。実は俺、君が好きなんだよ」

「突然なんの冗談ですか？　知世が気になるって言っておいて、からかって楽しまないでください」

菅野部長は本気なのか冗談なのか、飄々としてわからないところが返答に困る。

「からかってないよ。仕事に対する姿勢も好きだし、素直で可愛い性格も気に入ってる。麻布のパーティーのとき、具合が悪くなった君を俺が送っていきたかったな」

「菅野部長……」

いったい、高宮専務という上司の婚約者になにを言っているのか……。

ふいに菅野部長の手が、テーブルに置いているわたしの指に触れる。わたしは弾かれたように菅野部長の手を避けて下ろす。

「高宮専務となにかあったら、俺のところへおいでよ」

「なにか……あったら？」

彼の言葉が、ふと気になった。

京平と沙織さんのことを暗示しているの？

「な、なにを言ってるんですかっ。話を戻しましょう。知世を傷つけたら、高宮専務に言いつけますからね」

「おっ、それは怖いな。でも、君が高宮専務に傷つけられたら？」

「もうやめてください。京平はわたしを傷つけたりしません」

そう言いつつも、心の中では本当にそうなのか自問自答している自分がいた。

「いいですね？　知世が気になるのなら、彼女を傷つけないでください」

わたしのことから知世のことへと話題を戻す。菅野部長は首を左右に振りながら、ため息を漏らす。

「手ごわいな、檜垣さん。わかったよ。君のことは……幸せを祈ろう」

菅野部長はにっこり笑う。さすが、去る者は追わずと言われているだけある。

「知世のことは大事にしてくださいね」

「その大事って、すぐに寝るなって言ってる？　男女なんて寝てみないとわからないでしょ？」

さすが恋多き男のセリフだ。でもわたしだって、そんな提案を京平にしたんだっけ。

「と、とにかく、傷つけないでくださいね」

菅野部長のわたしへの好意は気にしないようにして、お願いした。


麻布のマンションへ戻ると、玄関に京平のビジネスシューズがあった。

帰っていたんだ……。

心から安堵して、嬉しくなって頬が緩む。

泥棒が入ったとき、沙織さんの部屋にいたと言われたことが気になっている。今は彼女の家に長居せず戻ってきてくれたのが嬉しい。

時刻は二十四時を過ぎたところ。まだリビングか書斎にいるものと思って足を進めてみる。どちらの部屋にも京平はいなかった。もう寝ているのかも。

静かに寝室のドアを開ける。ベッドサイドのほのかなオレンジの灯りに照らされた彼がいた。眠っているようだ。

そっとドアを閉めて、対面の部屋に入る。泥棒が入ってから一緒のベッドに寝ているけれど、衣類はこの部屋のクローゼットにある。

着替えを持ってバスルームへ向かった。


シャワーを浴びて、髪を乾かしてから、音をたてないようにして京平の眠る寝室に入る。

ベッドに横になるとき、もしかしたら京平を起こしてしまうかもしれない。別室で寝ようと思ったけれど、彼のそばで眠りたかった。

こっそり京平の隣に身体を滑らして横になる。彼の端正な顔を見つめてから、目を閉じる。これ以上見ていると、形のいい唇にキスを落としたくなる。

　明日の朝食は京平の好きなガレットにしようかな……材料は……。

　ふいに京平が身じろいで、わたしの首の下に腕が回り、身体が彼のほうに引き寄せられた。

「起きていたの？」

「花菜が来るのを待っている間、少しウトウトした。待ちくたびれた」

　京平の声は、わたしの肩に顔を埋めるようにしているせいでくぐもっている。鎖骨の辺りに唇が触れてから、ちゅっと吸われる。

「んっ……寝ているかと思った……」

　ずっと心にあったわだかまりを吐き出したくなった。

「京……平……」

「ん？」

　耳朶（みみたぶ）を食んでいた京平の少し低音の声に、ビクッと身体が跳ねそうになった。

「どうして、んぁ……今日、参加したの……？」

「花菜に会いたかったから」

　わたしは耳を疑った。

　京平がわたしに会いたかった……？　ほとんど話さなかったのに？

困惑している唇が強引に塞がれ、舌が口腔内へするりと入り込んできた。わたしの思考が停止して、京平の愛撫に応えることしかできなくなった。

「んっ、んふ……あぁっん……」

京平のキスに夢中になっていると、ブラトップのTシャツが一気に引き上げられ、胸が大きな手のひらに包み込まれた。

「話はあとで。今の俺、野獣の気分。花菜を食べていい?」

「じゃあ、わたしは美女……?」

絶対にそれはない、と言われる覚悟で聞いてみる。

「そう。俺にとって、花菜は美女だよ」

京平は流麗に口元を緩ませて、彼の答えに驚いているわたしの唇に熱いキスを落とした。


翌日、まだ眠っている京平より先にベッドを抜け出して、朝食の準備を始めた。昨晩の余韻がまだ身体にあり、気持ちが浮き立っている。

『俺にとって、花菜は美女だよ』

その言葉が嬉しかった。愛している、は言われていなくても、今の関係は幸せだ。

沙織さんの言葉は気にしないことにした。

　ガレットのトッピングに使うトマトを切っていたわたしは、いつの間にか鼻歌を歌っていた。

「目玉焼きと……あ、じゃがいも、じゃがいも！」

　じゃがいもを千切りにしていると、キッチンに京平が姿を現した。

「おはよ」

　黒のシャツとジーンズに着替えている彼は中へ入ってきて、後ろからわたしの腰を抱き、こめかみに唇を落とす。

　わたしが夢見ていた朝の風景だ。

「おはよう。あと十分でできるからね」

「なに作ってるの？」

「ガレットよ。京平、好きだったよね？」

「最高。花菜は本当に料理上手だな。あっちでおとなしく待ってるよ」

　京平はわたしの頭に手をのせて、軽く撫でるとリビングのソファに座り、新聞を広げた。

月曜日、いつものように京平の車で出社して、同じエレベーターに乗る。そんな毎日のことに慣れて、まわりの目は気にならなくなった。キスの噂話もすぐ耳にしなくなったし。

土曜日はホテルで打ち合わせをして、日曜日は映画を観に行った。そして夜は京平に翻弄され、ずっと一緒で幸せだった。

十三階でわたしが先に降り、京平は重役階の二十階へ。

「おはよう～」

先に出社していた知世に満面の笑みで挨拶する。

「おはよ～。花菜、なんなの？　その、幸せですって顔は」

コーヒーを飲んでいた知世はカップを置いて、わざとふてくされて言う。

「そんな顔をしてた？」

わたしは素知らぬ顔で小首を傾げる。

「してた。してた。幸せオーラ全開って感じ」

「金曜日は菅野部長とたくさん話せて、よかったでしょ？」

「まあね。目標が高いから成就しなさそうだけど。もっと話したかったな」

菅野部長も知世が気になっていた、と口から出かかったのを呑み込む。恋路を邪魔するわけじゃないけれど、やっぱりわたしは心配だった。それに、上司との結婚が決まっているわたしにあんなことを言うなんて。女なら誰でもいいみたいな考えの人は、知世に相応しくないと思う。

「知世……新庄くんとちゃんと話し合ってみたら？」

「えっ？」

知世は新庄くんの名前に真顔になる。

「もしかしたら、彼のほうは真剣に付き合っているかもしれないでしょう？」

「……うん。そうだね。話してから次の恋に向かうよ」

彼女はコクッと頷き、わたしは微笑む。

わたしも菅野部長は気にしないことにする。

それよりも……もうすぐ京平のマンションを出なきゃ。このままずっと……そう思っても、わたしが帰ってくるのを両親が待っているし、結婚前に親孝行もしておきたいし……。

重いため息をつくと、バッグをデスクの一番下の引き出しにしまい、キャビネットに書類を取りに立った。

毎日があっという間に過ぎていく。今日は十月の二週目の水曜日だ。今週も京平はずっと遅くて、朝食のときと通勤の車内で話をするくらいだった。

十一時過ぎに仕事用のスマホが鳴った。京平だった。

仕事の電話？　なんだろう……？

「檜垣です」

『十二時に来てくれないか』

「えっ？　来てくれないかって、専務室に……？」

わたしの都合を聞かないところが、京平らしい。

『ああ。一緒に食べよう。食事は用意しておく』

専務室にランチを誘ってくれたのは初めてで、わたしは電話中ながらもポカンと口を開けてしまった。

「……十二時ですね。お伺いします」

『じゃあ、待ってる』

通話が切れて、スマホを置いて知世に身体を向ける。

「知世、ごめん。ランチ、京平から誘われたの」

「はいよ～。花菜ったら、愛する旦那さまの元でいいな～」

嬉しい気持ちは否めない。どうしてランチに誘ってくれたんだろう……？

京平はわたしを愛し始めてくれた？

ううん。自惚れるのはやめよう。そういうときにどん底に落とされたりする。

この幸せが簡単に壊れそうで怖かった。


十二時を少し回ってから重役階の廊下を歩いていると、京平の秘書の岩下さんが向こうからやってきた。

三十代後半のメガネをかけた男性、岩下さんは、わたしを見ると口元に笑みを浮かべて会釈する。

「檜垣さん、足は大丈夫ですか？」

「はい。もうすっかり。ありがとうございます」

「高宮専務は最近多忙でしたが、昨日は早くに会社を出られたので、ゆっくりできたのではないですか？」

えっ……？　昨日は早くに退社した？

昨日も京平は二十三時を回って帰宅した。それって、どういうこと？

沙織さんの話が思い出される。彼女とデート……？

「檜垣さん？　どうかされましたか？」

「あ、いいえ」

「専務がお待ちですよ。では、失礼いたします」

わたしが困惑しているうちに、岩下さんは深く頭を下げて去っていった。

岩下さんと別れて専務室のドアをノックする手が、躊躇う。

昨日なにをしていたのか、京平に聞いてみる？　でもそれでは、岩下さんが余計なことを言ったふうになってしまう。

専務室の前でなかなか入れずにいると、中からいきなりドアが開いた。

「きゃっ！」

「なにやってるんだ？　入れよ」

まるでわたしがドアの前にいたのがわかっていたかのような言葉で、驚いてしまう。

「いたこと、わかってた？」

「いや、お前は時間に正確だから。遅いなと思って開けたら、いたってところだ」

「……急に誘ってくれるから、びっくりしちゃった」

なにを言えばいいのかわからなくて、出た言葉がこれだ。もっと気が利いた話ができないの？

「たまにはいいだろ？」

京平はソファに座るようジェスチャーして、自分の定位置である、わたしの斜め前のひとりがけ用ソファに腰を下ろす。

ローテーブルに用意されていたのは、有名料亭の松花堂弁当だった。

「美味しそう」

いつも食べるランチより豪華なお弁当だ。

「ああ、岩下に用意してもらった。食べて」

彼は割り箸を割ってからわたしに手渡してくれる。

「あ、ありがとう。いただきます」

わたしは両手を合わせて食べ始めた。


初めて専務室でのランチに誘ってもらえて、なにか話でもあるのかと内心考えていた。でも、京平はいつも自宅で食事するときと同じ様子。

先に食べ終わった彼が割り箸を置いて、口を開く。

「母さんが、都合のいいときに外で食事しようって言ってたぞ」

「うん。仕事も落ち着いたし、平日でも休日でも。京平の予定に合わせるよ」

わたしの言葉に京平は軽く頷く。

食事が終わり、専務室の壁際にあるコーヒーメーカーへ彼が近づき、ふたり分のコーヒーを淹れてくれる。

「京平……今日も遅い？」

昨日のことは、今は聞けなかった。わたしって臆病だな……。

「おそらく。でも明後日は早く帰れると思う。二十時には帰るよ」

「わかった。京平の好きなもの作るね」

明後日、思いきって沙織さんとのことを聞いてみよう。そう心に決めて、コーヒーを口にした。


広報室へ戻ると、席に着いていた知世がニヤニヤしてわたしを出迎える。

「おかえり～。どうだった？　ランチデート」

「話すほどのことでもないよ」

「そんなことないでしょ？　なに食べたの？　専務室なら誰も見ていないからラブラブモードだったんじゃない？」

知世の言うようなラブラブモードではなかったな。普通に食事して、話をしただけ。

わたしと京平は結婚するけれど、彼のほうに愛はなくて、どこか一線を引いた夫婦になるのかもしれない。今の京平はとても優しくて、いい旦那さまになるとは思うけど……。

「食べたのは有名料亭の松花堂弁当だったよ。すごく美味しかった」

「豪華なお弁当だったんだ！　いいな～、食べたい。で、もしかしてついでに花菜も専務に食べられちゃったとか？」

「なっ、なにをバカなこと言ってるのよ⁉　専務室でそんなことするはずないじゃないっ。キスもしませんでした！」

真っ赤になりながらも知世の想像に呆れて、椅子に腰かけていたわたしは床に滑り落ちそうになった。

「な～んだ。わたしが読んでいるマンガのシチュエーションそのものだったのに。デスクの上に押し倒さ――」

「あ～もうっ、そこまでっ！　……マンガと現実は違うからね。ほら、仕事しよう！」

知世のエッチな想像力にタジタジになりながら止めて、赤らんだ顔を隠すように、手元の校正紙に視線を落とした。

その日、冷蔵庫の中が空で、マンションの近くのスーパーで食材を買った。ついあれこれと買い込んでしまい、かなり重い袋を両手に持って帰宅した。

ひとりで寂しく和風のパスタを食べていると、葉月から電話がかかってきた。

「葉月、どうしたの？」

『そろそろ帰ってこないかなと思って。結婚前に家族旅行もしたいしね。口には出さないけど、お父さんもお母さんも寂しいと思っているんじゃない？』

葉月の話はもっともだ。

「そうだよね。帰ろうと思っていたけど……日曜日に戻るよ」

突然電話の向こうの葉月がクスッと笑った。

「なにがおかしいの？」

『だって、戻ってくるのが嫌そうに聞こえたんだよね。甘ーい新婚生活を終わらせたくないんだね？』

「そ、そんなんじゃないよ。京平は毎日遅いし」

確かに、自宅に戻りたくないと思っているのは否めない。

『まあ、あと少しで結婚式なんだから、親孝行してあげれば？』

「うん。親孝行しなくちゃね。旅行の計画も立てよう！」

結婚式まであと二ヵ月ちょっとだ。それまでにやっておきたいことがたくさんある。

『了解！　日曜日に戻ること、伝えとく。何時？』

「ちゃんと京平に食事させたいから、夕食後に帰るね」

『なんだかんだと、もうすっかり奥さまが板についちゃってるわ』

「もうっ！　帰ってから、からかわないでよね？」

葉月には敵わないと思いつつ、しっかり釘を刺して電話を切った。


翌日の木曜日、外で知世とランチを食べようと社屋を出て歩いていたわたしのスマホに、見知らぬ番号から電話がかかってきた。

「……誰だろう？」

「知らないの？　出てみれば？」

わたしは道の端に寄って、振動し続けるスマホの画面をタップした。

「もしもし……？」

『沙織です』

沙織さん？　どうして……？

『檜垣さんよね？　話があるの』

「お話……ですか？　いったいなんの？」

彼女からの電話に、疑問だらけだ。いや、京平のことに違いない。できれば沙織さんの話は聞きたくない。

『もちろん、京平とわたしの話よ』

「ふたりの……」

戸惑ってしまい、なんて答えていいのか困った。知世の顔も見られず俯いていたところへ、パイソン柄のハイヒールを履いたスラリとした足が目に入る。知世がわたしの腕を掴んで揺さぶる。

ハッとして顔を上げると、沙織さんがそこにいた。

「沙織さん……」

「ランチの時間にごめんなさいね。話があるの。今いいかしら？」

沙織さんはわたしに聞くよりも、知世を見て確認する。

「あ、花菜、行ってきて」

知世はわたしの返事を待たずに去っていった。

「檜垣さん、突然ごめんなさいね。でも、どうしても話さなくてはならないことなの」

「どうしても話さなくてはならないこと？」

わたしはバカみたいにオウム返しをする。

ああ……なんだろう……嫌な予感しかしない。

沙織さんは会社からほど近いフレンチレストランの個室に、わたしを案内した。前もって予約していたようだ。

「まだ誰にも聞かれたくない話だから個室にしたの。メニューも先に選んでおいたわ。時間がないでしょう？」

「はい。あと四十分くらいしかありません。お話って、なんでしょう？」

「わかりきってるでしょ？　わたしがあなたに話すことって、京平のことしかないわ」

沙織さんは口元に笑みを浮かべる。ゆったりとした口調だ。その顔は余裕の表情に見える。

「なんでしょうか？」

沙織さんとは反対に、わたしの声はきつく聞こえているに違いない。今のわたしに余裕はない。

「京平の赤ちゃんができたの」

「ええっ⁉」

わたしは驚きのあまり、一瞬、呼吸が止まった。

「妊娠しているの。二ヵ月よ。だから、愛人でもいいって言ったことは撤回するわ。京平と別れて」

妊娠……二ヵ月……。

愕然としてしまい、返事ができない。

「まだ結婚式の招待状を出していないでしょう？　恥を晒さなくてよかったわね。わたしが彼の妻になるから」

「……京平には……話を？」

赤ちゃんができたのなら、京平は沙織さんと結婚するだろう。

「まだよ。今日話すわ」

「会社へ……戻ります……」

わたしはふらりと椅子から立ち上がる。頭の中が真っ白になって、なにも言えない。

「ごめんなさいね。食事どころじゃなかったわね」

沙織さんのサラッと謝る声が、部屋を出ていくわたしの耳に届いた。

茫然としたままフレンチレストランを出て、会社へ向かう。

どうすればいいの……？　沙織さんの言ったことは本当？　妊娠したのなら、わたしは京平と結婚できない……。

足が震えてきて、目頭が熱くなって目の前が霞む。

京平っ……！

考える時間が欲しくて、すぐに仕事には戻らず、目についたコーヒーショップへ入る。残りの昼休みの時間いっぱいで、心を落ち着けようと努力した。

しかし、エスプレッソを飲みながらいろいろ考えても、わたしではどうにもできないことなのだと悟っただけだった。

わたしはシクシク痛む胸を抱えながら、会社へ戻った。


「花菜？　顔色が悪いよ？」

広報室の自分の席に着いたわたしを、先に戻っていた知世が心配そうに見る。

「え？　そ、そうかな……？」

頬に手を当てて、笑みを向ける。

「沙織さんの話は……？　あ、話したくないのならいいの」

彼女の話がなんだったのか聞きたそうな知世は、まわりを気にして小さな声だ。

「ごめん。たいした話じゃなかった。気にかけてくれてありがとう」

そう言って、デスクの端に置いていたファイルを出して校正紙に目を落とす。それを見ながらも、ずっと頭にあるのは沙織さんの妊娠の件だった。


仕事に集中できなかったせいで、二時間ほど終業時刻を過ぎてから広報室をあとにした。わたしの足取りは重い。

上からやってきた数人乗っているエレベーターに、俯きながら足を進める。

「檜垣さん、お疲れ」

背後から菅野部長の声がして、ハッと振り向く。

「お疲れさまでした」

「どうしたの？　ぼんやりしているね？」

「そんなことないです……」

彼はわたしの隣に並ぶ。

エレベーターが一階に到着して、菅野部長はわたしの隣を歩き、ロビーを通ってエントランスへ向かう。

「檜垣さん、ちょっと飲みに行かないかい？」

「……すみません……わたし……、失礼します」

菅野部長に頭を下げて行こうとしたとき、ガラス扉の向こうに、京平の車がゆっくり走り去るのが見えた。運転する彼の隣には沙織さんの姿があった。

彼女を見た瞬間、心臓が鷲掴みされた感覚に陥り、胸を押さえる。

京平……と、沙織さん……。

「檜垣さん、本当に行かない？　飲みに行こうよ」

茫然としているわたしを、菅野部長はもう一度誘う。

「……やっぱり行きます」

京平のマンションに帰っても、ふたりのことをずっと考えてしまうだろう。

少しでも気持ちを浮上させたくて、菅野部長の誘いを了承していた。

菅野部長は、オフィスから七分ほど歩いた、銀座の大通りから一本外れた小さなジャズバーへわたしを連れていった。

「食事じゃなくて、飲むほうでいいの？」

地下のジャズバーはそれほど広くはない。客はふたりほどカウンターに座っており、わたしたちは奥まった隅の席に案内された。

「はい。ここでかまいません。落ち着いた素敵なところですね」

お酒に弱いわたしに菅野部長は気を遣って聞いてくれたけれど、食欲はない。

「なに飲む？　カクテルはどう？」

対面に座った彼は、メニューを開いて見せてくれる。でも、わたしはお酒すらも欲しくなくなっていた。

「お酒に弱いから、スクリュードライバーなんてどうかな？　オレンジジュースとウォッカだよ。オレンジジュースを多めにしてもらおうか？」

「それでお願いします」

オーダーを取りに来た、額にバンダナを巻いた年配のマスターに、菅野部長はスクリュードライバーとウイスキーのロックを注文する。

「檜垣さん、さっき俺も見ちゃったんだよね。高宮専務の車に沙織が乗っているのを。だから暗い顔になっているんじゃないの？」

マスターが去って、ふいに話を切り出した菅野部長。壁にかかっているニューオリンズらしい街並みの古い写真を見ていたわたしは、ハッとして彼を見る。

「わかった！　わかった！　そんな怖い顔しないで。別の話にしよう」

彼は両手を胸の位置に上げ、降参するポーズをして笑う。

「そうだな……好きな色は？」

「す、好きな色ですか？　黄色です」

黄色と答えて、京平が買ってくれたエプロンを思い出してしまう。

「へぇ。黄色か。檜垣さんはピンクって言うかと思った。君の雰囲気にはピンクがぴったりだと思うよ」

「ピンク……も好きですが」

前まではピンクが好きだった。けれど、エプロンを買ってもらってからは黄色に惹かれている。

そこへ飲み物が運ばれてきた。チーズとクラッカーの盛り合わせも頼まれていた。

「少しお腹に入れてから飲んだほうがいいよ」

「ありがとうございます」

小さくグラスを合わせてからひと口飲む。オレンジジュースを多めに、と言ってくれたおかげで、お酒の味があまりしないカクテルになっていて飲みやすい。おかげで少し食欲も出てきた。

しかし、カクテルはカクテル。三杯飲んでから、自分が酔っていることに気づく。ふわふわとして眠くなってきた。

気づけば時刻は二十二時を過ぎていた。京平は自宅に戻っているのかと考えているところへ、菅野部長が口を開いた。

「……高宮専務と沙織、別れられないいんじゃないかな？」

「……ふたりの話はしたくありません」

わたしは小さく頭を横に振る。

「高宮専務と別れて、俺にしない？」

彼の言葉に驚き過ぎて、言葉が出てこない。

「やめてください。わたしはずっと京平が好きだったんです。わたしが惹かれるのは京平しかいませんから」

そう言いきったわたしを、菅野部長は鼻で笑う。

「でも、専務には沙織がいる」

そう言いながらポケットからスマホを取り出した菅野部長は、画面をちらりと見てからすぐにしまう。そして腰を浮かせると突然、わたしの顎に手をかけて持ち上げ、唇を強引に重ねてきた。

「なにをするんですかっ！」

驚いて身を引いた瞬間、どこからか女性の声がした。

「菅野部長じゃないですか？」

そして続いて聞こえる、男性の怪訝そうな声。

「花菜？」

声のしたほうを見ると、京平と沙織さんが立っていた。

京平の引きつった顔。わたしがキスされたところを見たようだった。我に返ったような表情になった彼は、つかつかと近づいてくる。

「菅野！　お前、花菜に‼」

京平は菅野部長の胸倉を掴む。振り上げたこぶしをわたしは掴んで止める。

「京平っ！　やめて！」

「花菜！　放せ！」

彼は今まで見たことがないくらいの怒りを見せている。

「京平だって、沙織さんと一緒にいるじゃないっ！」

車で出かけていったはずなのに、二時間以上経ってからここに現れたのは……嫌な想像をかき立てられてしまう。

わたしはバッグから五千円を出して乱暴にテーブルに置くと、ジャズバーを出た。

「花菜！　待つんだ！」

ジャズバーの階段を上がったところで、追いかけてきた京平に肘を掴まれる。

「放して！」

京平の手を振りほどこうとするが、男の力には敵わない。わたしは疲れて荒い息を吐くばかりだ。

「沙織と会ったのは仕事だ。さっきまでマネージャーも一緒にいた。菅野には油断するなと言ってあっただろう？」

彼は泣きそうなわたしを覗き込む。

「今は……酔ってる……から、なにも話したくないのっ」

そんな顔を見られたくなくて、そっぽを向く。

沙織さんはまだ妊娠のこと、話していないの？

京平はわたしから手を放さずに、ちょうどやってきたタクシーを捕まえて乗り込ませた。


翌朝、ひとりで目を覚ました。昨日の帰宅後は京平のベッドへは行かず、捻挫したときに使っていたベッドで寝たからだ。彼はなにも言わずにそっとしておいてくれた。

ちゃんと話さなきゃ……。

昨日は酔っていたこともあって、冷静に話し合える自信がなかった。

いろいろ考えながら朝食を作っていると、濃紺のスーツを着た京平が現れた。

「おはよう。早いな。二日酔いは？」

テーブルの上に和食の朝食が並んでいるのを見て、彼が聞いてくる。

「……おはよう、大丈夫」

「花菜、菅野と飲みに行くなとは言わないが、隙を見せるなよ？　昨日のやつのキスは不可抗力だったとわかっているから」

「ん……」

昨日のわたしは隙だらけだったに違いない。もう菅野部長とふたりで飲みに行くつもりはない。


定時で仕事を終わらせて、まっすぐマンションへ帰宅した。すぐにエプロンをしてキッチンに立つ。

今作っているのは、和風のハンバーグと具だくさんのミネストローネ、生ハムのサラダ。京平が帰宅する時間には終わらせたくて、急いで作っている。

食べ終わったら、ちゃんと京平と話をするつもりだ。食事が喉を通るかわからないけれど……。

昨日、沙織さんは京平に妊娠を告げていないようだった。もし聞いていたら、彼の態度がなにかしら変わるだろうから。

夕食を作り終わり、壁にかけられた時計を見ると、もうすぐ二十時。京平が言っていた帰宅時間になる。

手元にある、ふっくら焼き上げられたハンバーグの皿を見て微笑む。

「上出来だね」

鍋にミネストローネもできており、冷蔵庫には生ハムのサラダが用意してある。

リビングにあるワインセラーにちらりと視線を動かして、食器棚からワイングラスを取り出した。

今か今かと京平の帰りを待っていた。

しかし彼は二十時三十分になっても、二十一時になっても……そして二十三時になっても戻ってこなかった。

沙織さんから妊娠を聞いて、わたしと会うのは気まずい？

わたしの気持ちは苛立ち、そして悲しくなり、絶望感に襲われた。

京平のスマホに電話をしても電源が切られている。

まだ沙織さんと一緒にいるの……？　胸がぎゅっと締めつけられて痛い。

すっかり冷めて硬くなってしまったハンバーグを見て、わたしの目から涙がポロポロ出始め、白いテーブルクロスを濡らしていく。

「京平のバカっ！　別れてあげないんだからっ」

そう口にしつつ、もうわたしたちは終わったのだと自分に言い聞かせる。所詮、片想いで結婚なんて無理だったんだ。

「美男美女でお似合いよっ」

結婚するなら両想いですするのが一番。これからそんな人が現れなかったら、結婚は一生しない。

わたしは椅子から立ち上がると、頬に伝わる涙を拭きながら、スーツケースが置いてある部屋へ向かった。


スーツケースに荷物を詰め終えると、もう一度リビングに行って、カウンターにあったメモとペンを手にする。

【京平とは結婚できません。明日、結婚式場をキャンセルしてください】

このメモを見て、京平はホッとする……？

京平に手紙を書き、その上にエンゲージリングと部屋のカードキーを置いて、わたしは痛む胸を押さえながらスマホでタクシーを呼んだ。


成城の自宅にタクシーが着いたのは、二十四時を少し回ったところだった。

京平から電話やメールがあったけれど、出なかった。タクシーの中ということもあるが、今は話したくなかった。メールも開いて見たくなかった。

タクシーを降りてスーツケースを引きながら、深いため息が漏れる。

玄関の鍵を開けて、足取り重く家の中へ入る。見つからずにひっそり部屋へ入ろうと思っていたのに、葉月はまだ起きていて、二階の廊下で見つかってしまった。

「花菜っ！　物音がするから、びっくりしたじゃないっ。泥棒かと思った」

「ご、ごめん……」

わたしは赤くなった目を見られたくなくて、そっけなく謝っただけで部屋に入ろうとした。

「ちょっと！　花菜っ？　戻ってくるのは日曜日って言っていたでしょ？　どうしたの？」

葉月はわたしの肘を掴んで引き止める。

今日はひとりで傷を癒したかったけれど、葉月に見つかってしまったのでは話すしかない。なにがあったのかわかるまで、放っておいてくれないから。

「……京平と結婚しない。別れたの」

「花菜っ!?　いったいなんの冗談なの？　ふざけないでよ」

葉月はわたしを部屋に押し込んでから、じっと顔を見つめる。目を合わせるのが気まずくて、わたしは視線を足元に落とす。

「その顔じゃ、なんかあったんだ。喧嘩？」

「葉月……ごめん。明日話すから、今日は……」

話そうと思ったけれど、できなかった。彼女は仕方ないなと頷いてくれた。

「明日ちゃんと話してもらうからね？　結婚取りやめって、大事なんだから」

「ん……」

「とりあえず、お母さんたちにはなにも言わないよ。京平に予定が入って早く戻ってきた、くらいに言っておく」

葉月はわたしの肩を撫でると、部屋を出ていった。ドアが閉まって、わたしの足は力が抜けたようになり、急いでベッドに座った。

第九章　形勢逆転の恋

翌朝、夜通し眠れなかったわたしは、六時になるとベッドから抜け出した。クローゼットから着替えを出そうとして、すぐ隣にあるデスクの上のスマホに目を留める。スマホの電源は切ったままだった。

そこへ小さなノックのあと、葉月が入ってきた。

「ひどい顔。真夜中に京平からわたしのところに電話がかかってきたよ。約束してたのに連絡もせずに帰宅しなかったのは悪かったって言ってた。でも、それで結婚しないなんて、理由がわからないって。わたしも理解できないけどね」

「京平がわからないって？　どうして……？」

どうしてなの？　まだ沙織さんから聞いていないの？

「ほら、座って。ちゃんと話してよ。ひとりで悩んでいてもなにも進まないよ？」

ベッドの端に腰を下ろした葉月は隣をポンポンと叩く。わたしは着替えを出さずにクローゼットを閉めて、彼女の隣に座った。

「京平、沙織さんと付き合っていたの。彼はわたしと結婚を決める二ヵ月前に別れたっていているけれど。昨日、彼女から妊娠したと言われて……」

葉月は目を真ん丸くして唖然とする。

「ええっ!?　沙織さんと京平が？　驚き……それに赤ちゃんが!?」

「ふたりの間に赤ちゃんまでできたら、身を引くしかないでしょ？」

悲しくなって目頭が熱くなってきた。いくら京平を好きだって……。

「京平が愛しているのは花菜じゃないの？　そうじゃなかったら結婚を決めるはずないじゃない」

葉月は腑に落ちない様子で、眉根をぎゅっと寄せる。

「わたしたちに愛はないの。『俺も惹かれる女に幻滅ばかりする恋愛をしてきた。だから、小さい頃から知っているお前との結婚はうまくいきそうだ』って京平が言って結婚を決めたのは、知ってるでしょう？」

「そう言っても……京平は花菜を愛しているようにしか見えなかったよ？　焼き肉屋のときは、ちょっと変だなと思ったけれど」

「ん……京平のスケジュールも、沙織さんはわたしよりも把握していた……。彼を愛しているから努力しようと……気にしないようにしようとしたんだけど……」

堪えていた涙腺がとうとう決壊して、涙が頬を伝わる。葉月はティッシュの箱を持って数枚取ると、わたしに渡す。

「花菜は京平を愛しているもんね……それが本当なら京平ってひどいやつだわ！」

「本当ならって、事実だよ」

　葉月の言葉にティッシュで涙を拭きながら呟く。

「京平と電話で話したときね？　花菜がちゃんと帰宅したってわかってホッとしていたみたいだった。それに後ろめたいことがあったら、わたしに電話はしてこないでしょう？」

「まだ沙織さんから妊娠を聞いていないのかも。葉月……結婚ってやっぱり相思相愛じゃないとダメだね。片想いじゃ苦しいままなんだよ」

　葉月は深いため息を漏らしてから立ち上がり、デスクの上のわたしのスマホを手にして電源を入れると、二回の動作でロックを解除してしまう。わたしたちは性格やライフスタイルは違うけれど、パスワードなどは自然と同じになることが多い。

「どうして電源を入れるの？」

「結婚をやめるんならちゃんと話し合わなきゃ。逃げてばかりいられないでしょ。しかもふたりの結婚は両家の両親が望んでいることなんだから」

　葉月はスマホを見て肩をすくめる。

「すごい量の着信履歴よ？　メールを早く確認して」

スマホを手渡されたわたしは震える手でメールを開いた。

京平は葉月に話したとおり、夕食に戻れずすまなかったと書いていた。起きたら連絡をくれ、とも。

そのとき、スマホが京平の着信を知らせ、わたしはビクッと肩を跳ねさせる。

「花菜、鳴ってるよ？」

「……出たくない」

京平と話したくないのが本音だ。

「ダメだよ。出て。話をしなきゃ」

厳しい表情になった葉月は、わたしが持っていたスマホを取り上げてタップした。

「葉月よ。今花菜に代わるから」

スマホを差し出され、数秒間迷ったのち、葉月から受け取る。

「……もしもし」

『花菜、あの置き手紙はなんなんだ？　どうしてそうなるのかわけがわからない。メールにも書いたが、連絡もせずに約束を破ったのは悪かった』

京平の声は戸惑っているようだった。それでも彼の声は、傷心のわたしの心を浮き立たせるものがある。

沙織さんから聞いていないの？　昨晩、会っていたんじゃ？　だから約束の時間に帰ってこなかったんじゃないの……？

「やっぱり……京平と結婚はできない」

『話をしよう。理由がわからなければ対処できない』

京平に会うと思うと当惑してしまい、顔を上げて葉月を見る。彼女は口元を引きしめて、わたしを見つめるだけでなにも言わない。

『花菜？　聞いているのか？』

「う……ん……」

『そっちへ行くからな。どこへも行くなよ』

「ダ、ダメ！」

思わず大きな声になってしまう。こんなところで話なんてできない。

『じゃあ、こっちへ来て。カフェとかでは話せないだろう？　迎えに行く』

「迎えに来なくていいから。……午後に行く」

もう二度と足を踏み入れることはないと思っていた京平のマンションへ行くしかなさそうだ。彼の言うとおり、外でできる話じゃない。

『わかった……待ってる。じゃあな』

通話を切ると、葉月が大きく頷く。

「よしよし。ちゃんと話し合ってきなよ。とりあえずご飯食べよう。花菜がいるから、お母さんびっくりするよ」

「葉月、先に下りてて。目が赤くなってるでしょ？　ちょっと経ってから行くから」

「OK。お母さんはまだ花菜が帰ってきたこと知らないから黙ってる。驚かせようよ」

「うん。ありがとう」

葉月はにっこり笑って部屋を出ていった。

彼女は妹だけど、いつも頼りになって、葉月のほうが姉に思える。


黒のブラウスにグレーのフレアスカートの組み合わせは、わたしの重い心そのもの。明るい色を着る気になれなかった。

ダイニングキッチンに行くと、葉月はいなくて、お母さんがシンクに向かってこちらに背を向けていた。わたしは明るい表情を作って、お母さんに静かに近づく。

「お母さんっ」

お母さんの肩に両手を置いて声をかけた瞬間、思いっきり驚いた顔で振り返られる。

「花菜！　いつ戻っていたの⁉　日曜日の夜だって、葉月は言っていたわよ？」

「ちょっと驚かそうかなと思って。午後、出かけるけどね」

「充分驚いたわ。朝食ができているからお父さん呼んできて。驚くわよ」

お母さんの嬉しそうな顔に、後ろめたい気持ちになって、お父さんを呼びにその場を離れた。


食事中、お母さんは結婚式の話ばかりを振ってきて、つらかった。わたしの気持ちを察した葉月は『まだ結婚できないわたしの身にもなって』と茶化して、話題を逸らしてくれた。

お父さんは仕事に出かけ、わたしは朝食の片づけを手伝ってからリビングのソファに座る。

「はぁ……」

目の前に腰かけたお母さんにわからないように、小さくため息を漏らす。

結婚が取りやめになったと知ったら、お母さんは病気になりそうだ。そう思ってしまうほど楽しみにしているようだから。

考え事をしていると、隣に座る葉月が口を開いた。

「お母さん、家族旅行に行こうよ。旅費はわたしと花菜持ちで」

葉月ったら、なにを考えてるの？　わたしたちは結婚を取りやめるのに、なんで旅行の話になるの？

「まあ！　いいわね！　娘たちに連れていってもらうなんて最高よ」

お母さんは両手を合わせて喜んでいる。

「葉月っ」

わたしが焦ると、葉月が首を傾げてやんわりと笑みを浮かべる。

「どうしたの？　そう言ってたでしょう？」

「そ、そうだけど……」

「あら、花菜は旅費を出し渋っているの？」

お母さんの的外れな言葉に、わたしは大きく首を横に振る。

「そういうわけじゃなくて、旅行に行くには時間がないかなって……」

「一泊二日の近場でもいいのよ。上げ善据え膳でのんびりしたいわ」

お母さんが嬉しそうに笑みを浮かべるのを見て、なにも言えなくなった。

もうっ、葉月ったら、いったいどういうつもりなの？

わたしが妹に目を向けると、彼女は素知らぬ顔でコーヒーの入ったカップを口に運んでいた。

昼食を京平のマンションへ行く途中で食べるつもりで、十二時頃に家を出た。

麻布十番駅で降りて、目に入ったコーヒーショップに入り、シンプルなチーズトーストとトマトジュースをオーダーする。神経質になっているのか、胃に痛みを感じて、好きなコーヒーなのに飲みたくなかった。

電車に揺られているときも、今このときも、京平のことを考えている。

朝食は食べた？　お昼は？　つい買っていきたくなってしまう自分がいた。

わたしは京平が好き……だけど、この苦しい思いにさよならをしないと。京平と沙織さん、赤ちゃんの幸せそうな三人を見るのはつら過ぎる。

だらだらとコーヒーショップで過ごしていると、テーブルに置いたスマホがメールを受信した。京平からだ。

【何時に来る？　いつでもいいから。待っている】

もう十四時か……行かなきゃ……。

京平と対峙しなくてはいけないと思うと、なかなか腰が上がらない。しかし、ずっとここにいるわけにはいかない。

わたしは深呼吸をすると、【今、駅です。これから行きます】とメールを打って送り、椅子からのろのろと立ち上がった。

見慣れた低層高級マンションのエントランスに入り、バッグから鍵を取り出そうとして手が止まる。

手紙と一緒に置いてきたんだった……。

そこでガラス扉の向こうにいるコンシェルジュの女性と目が合い、彼女がこちらへやってくる。内側からガラス扉が開く。

「こんにちは。鍵をお忘れになったんですね？」

わたしのことを覚えているコンシェルジュの女性は、にこやかに中へ招き入れてくれる。

「え？　そ、そう……です……」

「家に高宮さまはおられますか？　あ、指紋認証システムを導入されているので入れますね」

「はい。大丈夫です。ありがとうございました」

わたしはコンシェルジュの女性に頭を下げて、エレベーターホールへ向かった。

エレベーターに乗って二階で降りる。

廊下を進んだ一番奥が京平の部屋。向かう足が緊張で萎えそうだ。

花菜！　しっかりして！　涙を見せずに別れるんだから。

自分を叱咤し、京平の部屋の前に立ち、微かに震える指先でインターホンを押した。

すぐに玄関のドアが開き、京平が姿を見せる。

「インターホンなんて押さずに入ってくればいいのに」

「そんなわけにいかない……」

わたしは京平より先にリビングへ足を進めた。昨日の料理は片づけられていて、テーブルの上にはわたしのエンゲージリングとカードキー、手紙だけがあった。

それから視線を逸らして、いつも座っていたソファの場所に腰を下ろす。わたしが座るのを見てから、京平も対面に腰かけた。

「結婚をやめたいって、どうしたんだ？　昨日のことが原因？　連絡できずにすまなかった。昨晩は大学時代の恩師が危篤で、会いに行っていたんだ」

「ええっ？　それ……で……？」

昨晩、そんなことがあったとは思いも寄らなかった。それなら沙織さんと会っていないの……？

わたしは恩師の病状をおそるおそる聞いてみる。

「幸い、持ち直したよ。高齢だから予断は許さないが」

「よかった……でも、そんなときこそ、電話かメールをくれれば……」

「それはすまなかったと思っている。話を戻そう。別れたい理由は？」

京平はわたしをまっすぐ見て、静かに問いかけてくる。

「……京平、沙織さんと付き合っているんでしょう？　まだ沙織さんから話を聞いていない……？」

わたしを見つめる京平の眉根がぎゅっと寄る。

「は？　なんで俺と沙織が付き合っていると思うんだ？　見合いの二ヵ月前くらいに別れたと言っただろう？　それに沙織からの話って？」

「隠さないでいいよ。京平が沙織さんを大事にしていることはわかったから……」

「大事にしているのは、わが社のイメージモデルだからだ。それ以外になんの感情もない。花菜はわかってくれていると思っていたよ」

どうしてここまできて、ふたりの関係を隠そうとするの……？

わたしは困惑の瞳を京平に向ける。

――……ブランドプロモーション部と食事会のときに、沙織さんが京平と付き合ってい

ると言ったの。それに京平が顔を出すことを彼女は知っていた。わたしが聞いたとき
はわからないと言っていたのに」
京平は組んだ膝の上に肘をつき、手に顎をのせたままで横を向いて深いため息を漏
らす。怒りを抑えているように見える。
「彼女が知っていたのは、たまたま食事会の個室の前で会ったからだ」
「それに、泥棒が入ったとき、沙織さんと一緒にいたんでしょう？　彼女、そう言っ
てた……」
「あれは沙織の事務所との接待だ。彼女はたまたま同席していたに過ぎない」
京平は辟易したように首を左右に振った。
「それだけじゃないの……一昨日、お昼休みに沙織さんが来て」
妊娠という大事なことを、わたしが話してしまっていいものか……。でも沙織さん
はどうして、京平に妊娠したことを話さないの？
「沙織がお前に会いに来た？　なんの話を？」
「……彼女……の、お腹に赤ちゃんが……妊娠二ヵ月だって」
京平は驚き過ぎて開いた口が塞がらないといった表情で、わたしをまじまじと見つ
める。それから我に返ったように瞬きをした。

「……だからあの女は信用ができないんだ。俺は別れてから抱いていない。もし妊娠したとしても、それは俺の子供じゃない」

「京平の子供じゃない……？」

それを信用したい……でも……。

「京平……疲れちゃった。もうなにがなんだかわからない……」

沙織さんのお腹の赤ちゃんは京平の子ではない。だとしたら嬉しいはずなのに、心に鉛がついたように重くて喜べない。それは、京平がわたしを愛してくれていないからだ。

「俺を信じろよ」

「信じたいけどっ……」

「前に言ったことがあるだろう？　惹かれる女に幻滅ばかりする恋愛をしてきたと。彼女とは付き合ったが、性格を知っていくと幻滅ばかりだった。愛したことは一度もない」

京平は断固とした表情で言いきった。

「沙織が俺に妊娠の話をしてこないのは不思議じゃないか？　確かめてくるから、花菜はここで待っていてほしい」

「京平……」

彼はソファから立ち上がると、カウンターに置いてあるスマホと車の鍵を手にした。スマホをジーンズの後ろポケットに入れようとしたとき、着信音が鳴った。

「葉月だ」

着信の名前を見て、京平は眉根を寄せると画面をタップする。

「葉月、小言はあとで聞くから。今忙しいんだ。……え？　なんだって？」

京平は真剣な顔つきで、葉月の電話に対応している。

葉月がなんの用なんだろう……？

わたしは不安を隠せず、電話中の京平を見つめていた。

「――わかった。入院しているんだな。知らせてくれてありがとう」

通話を切った京平はソファに座るわたしに顔を向けた。その顔は今日一番和らいで見えた。

「花菜、沙織の妊娠は嘘だった。最近、虚言癖のある彼女をマネージャーが心配して、先ほど病院へ連れていったと」

京平は戻ってきて、わたしの隣に腰を下ろす。

「虚言癖……？　妊娠は……嘘？」

「以前から、彼女の言動に問題があったのは気づいていた。今後の芸能事務所との契約書も、法務部と見直していたところだったんだ」

「でも……沙織さんとのことがわかっても……根本的なことが……」

嘘だったとわかってホッとしたものの、まだ問題がある。

「どういう意味だ？」

彼は片方の眉を上げてわたしを鋭く見据える。

「……片想いの一方通行では、結婚生活は無理だって気づいたの」

沙織さんとの障害がなくなったとはいえ、これが一番大事なことだった。

「片想い？」

ふいに京平は、おかしくて仕方なくなったようにフッと鼻で笑った。

「誰が誰に片想いをしているんだ？」

京平の言葉に面食らう。

この期に及んで、わたしに告白させようとしているの？　ひどい男っ。

「花菜？　言ってくれないとわからない」

さらに追いつめる京平に、わたしは下唇を噛んでから腹を決めた。

玉砕すれば、京平を諦められると。

「わたしが京平によ。京平を好きなことに気づいたのは、小学校五年生の頃だったと思う。女の子からバレンタインデーのチョコレートをもらうのを見て、とても嫌だった。それから……ずっと、京平に恋をしていたの！　どんな男の人と付き合っても、京平のようには好きになれなかったの！」

幼い頃からの恋心を一気に話すと、恥ずかしくて目線を膝頭に落とす。

「……花菜の告白を聞けてよかったよ。お前、一度も愛していると言ってくれなかっただろ？」

京平の声が柔らかく、安堵しているように聞こえて顔を上げた。真摯に見つめてくる彼の瞳とぶつかる。

「俺も……花菜、お前を愛している」

京平の言葉に驚いたわたしの目が大きく見開かれた。

「嘘……京平が……わたしを、愛してる……？」

にわかに信じられないセリフだった。

「嘘じゃない。花菜を異性として意識し始めたのは、プールパーティーのイベントのときだ。水着を着て恥ずかしそうにしているお前を見て、頭を殴られたみたいに衝撃を受けたんだ」

「京平は、『お前は下着を着ているようにしか見えない』って、ひどいことを言ったんだよ？」

傷ついて、お見合いをすることに決めた出来事だった。

「あのときのお前の水着姿は、モデルたちよりも魅力的だったんだ。他の男たちからも注目されていて、想像で脱がされていると思うと苛立ち、誰にも見せたくなかった。俺もお前を抱きたくなった」

「そんな……」

驚き過ぎて、次の言葉が出てこない。

「仕事の会食のつもりで待っていると、お前が可愛い着物姿でやってきて、また俺の気持ちが揺さぶられた。俺たちのお見合いだと言われたときは度肝を抜かれたけどな。見合いがなくても俺はお前をものにするつもりだった」

「京平……」

形のいい唇から紡がれる告白。キスしてほしい……そう思ったら、彼の身体に腕を回していた。

京平の腕がわたしを優しく抱きしめる。

一だから片想いの一方通行の愛じゃない。俺たちはお互いを愛している。結婚式場、キャンセルしなくてもいいよな？」

耳元で甘く語られて、コクッと頷く。

「……京平が愛してくれていたなんて、まだ信じられない……」

「お前だって一度も俺を愛していると言ってくれていなかったんだからな」

「……そうだった……っけ……」

とぼけるわたしの鼻を軽く摘まみながら、京平は笑う。

「わたしはいつも全力で、京平を愛しているって態度を……」

「それを言うのは俺のほうだ。お前が階段で落ちたときは本当に肝を冷やしたよ。愛情がなかったら何度も抱き上げない」

京平はちゅっと軽く唇にキスをしてから、何度も啄むように重ねた。それからわたしたちは、愛を確かめ合うように抱き合った。


気怠い心地よさに身を任せて、うつらうつらしていたわたしの左手が持ち上げられた。目を開けると、エンゲージリングが嵌められるところだった。

優しい眼差しをわたしに向けてから、京平は左手に唇を落とす。

「京平……」

「もう外すなよ」

「ん……」

十月の半ば。冬に向かって陽が落ちるのも早くなってきた。

「シャワーを浴びて食事に行こう。あ、昨日のハンバーグとミネストローネ、絶品だったよ」

「時間が経って食べたんだから絶品のはずがないよ」

「いや、もうレストランで食べられなくなるくらい美味しかったよ。料理上手な奥さんで幸せだ」

京平は甘く額に唇を落とす。

「もっともっと美味しい料理が作れるよう、頑張るからね」

「期待しているけど、無理しなくていいからな」

以前、京平の胃袋を掴みたいと思っていた。これは掴まえられたってことかな。

そう思ったら、クスッと笑っていた。

「なにがおかしいんだ？」

額から鼻、唇にキスをしようとしていた京平は動きを止めてわたしを見る。

「京平の胃袋を掴みたかったの。もう掴まれてくれた……？」

彼の端正な顔に笑みが浮かぶ。

「もちろん。キンメのときからとっくにな。しっかり掴まれたよ。可愛いことを言うからまた花菜を食べたくなった」

そう言った京平は顔を落として、胸の頂をパクリと食む。

「あっん……わたしじゃなくて……料理を……っん……」

わたしは指を京平の髪に挿し入れた。彼は少しだけ視線を上げて、甘く見つめる。

そして——。

「花菜のすべてを愛している」

「京平……わたしも……愛している」

わたしたちが食事に出かけられたのは、それから五時間経ってからだった。


月曜日のお昼過ぎ。わたしは会議室のあるエレベーターホールで、ばったり菅野部長と会った。彼の口の端が切れていて、少し紫色になっていた。

「檜垣さん、ちょうどよかった。ちょっと時間ある？」

答えられないでいると、菅野部長が苦笑いを浮かべ、次の瞬間痛そうに手を口元にやる。

「君には品行方正になると誓うよ。俺のイケメンの顔に、これ以上傷をつけられたくないからね」

「えっ？」

傷をつけられたと聞いて、京平の顔が頭に浮かぶ。

「キスして申し訳なかった。あのジャズバーで、あのタイミングでキスしたのは、沙織に頼まれたからだ。檜垣さんに惹かれていた俺と、高宮専務を振り向かせたい沙織……俺たちの利害が一致したから」

「……その顔を傷つけたのは、高宮専務ですか？」

菅野部長は肩をすくめてから頷く。

「さすが、彼はずっとテニスをしていただけのことはある。俺の首が吹っ飛んだかと思った。もう君たちを心から祝福すると決めたよ」

「……ありがとうございます」

ホッとして、にっこり笑みを浮かべる。

「う〜ん。やっぱり俺は、君ともう少し早く出会いたかったな」

「それじゃあ、わたしが生まれた頃じゃないとダメですね」

「ええっ？　生まれた頃？」

菅野部長はギョッとして、わたしを見つめる。

「はい。わたしはずっと京平が好きだったんです」

「まさかの……生まれた頃とは……本当に君たちには敵わないな。じゃあ、お幸せに。結婚式、楽しみにしているよ」

菅野部長は手を軽く上げて笑いながら、やってきたエレベーターに乗った。

彼が乗ったエレベーターが閉まると、わたしの背後から京平が現れた。

「京平っ！　いつから……ずっといたの？」

「まあな。偶然だけど。あいつは根はいいやつなんだが、女癖が悪い。でも花菜には本気だったのかもしれないな」

「本気？　そうかな……。あ、京平、今日は早い？　京平の大好きなものを作って待ってる。なにが食べたい？」

あと半月だけ、自宅に戻らずに京平のマンションにいることに決めた。やっと心が通ったのに、彼から離れたくなかったから。

「大好きなものか……俺はお前が食べたい」

不敵に笑って腰をかがめた京平は、わたしの唇にキスを落とす。

「きょ、京平！」

慌ててまわりを見る。また誰かに見られていたら、社内中に言いふらされてしまう。

「大丈夫。今日は誰もいない。これからもこの唇に触れられるのは俺だけだ」

そう言って、京平はもう一度わたしの唇を塞いだ。

「このまま帰って、花菜を愛したい」

京平は甘く口づけたあと、耳元で囁いた。

「フフッ。仕事中毒の高宮専務が、そんなことできるわけがないよ」

「本当に家に連れ帰るぞ」

彼がかなり真剣な表情でわたしを見つめるから、わたしは思わず頷きそうになる。

「ゴホッ！　んんっ」

そこへ渋い咳（せき）が聞こえて、咄嗟に京平から離れる。驚きながらその声のほうに顔を向けてみると、そこには京平のお父さま、パルフェ・ミューズ・ジャパンの社長が立っていた。後ろに年配の女性秘書もいる。

「この分だと、孫を抱ける日も近いな」

呆気に取られるわたしたち。秘書と共に、社長は笑顔で会議室へ入っていった。わたしは顔から火が出そうなくらい恥ずかしかったが、京平は笑っていた。

エピローグ

一月十日。結婚式当日。

わたしはみんなに祝福されて幸せいっぱいだった。ホテルのチャペルの厳かな雰囲気の中で式を挙げ、わたしは京平の奥さんになった。

披露宴では菅野部長をはじめ、知世たち広報室のみんなが盛り上げてくれ、とても楽しい時間だった。

笑ってばかりいると皺ができるからね、とひな壇に祝福に来てくれた葉月にやんわりと言われたばかりだ。

披露宴最後の、両親へ送る手紙を読み上げるときは、うるっと涙を滲ませてしまったけれど、それ以外は本当にわたしの顔からは笑みが絶えなかった。

隣に座る京平を見れば、優しく微笑んでくれる。その愛おしむような微笑みに、記憶にある限りの幼い頃からのわたしたちが、脳裏に走馬灯のごとく映し出された。

甘酸っぱく、苦しかった片想いは終わった。

これからもずっと一緒。

ていた。

招待客を送り出したあと、披露宴会場の前のホールの隅で京平は菅野部長と話をしていた。

少ししてふたりがいたところを再び見ると、京平のそばには菅野部長ではなくて葉月がいた。葉月はロイヤルブルーのミニ丈のドレスを着ていて、プロポーションのよさが際立っている。

また葉月は京平をからかっているのだろうか？　そう思ったとき――。

突然、彼女は京平に抱きつき、その場で喜びを全開にしている。そしてハッと我に返ったように辺りをキョロキョロ見回して、わたしのところへ高いヒールをものともせず駆けてきた。

「花菜っ！」

お色直しの淡いピンク色のドレスを着たわたしに、葉月は抱きついた。

「どうしたの？　すごい喜びようなんだけど？」

「聞いて！　わたしがパルフェ・ミューズ・ジャパンのイメージモデルになったの！」

葉月の言葉にわたしの目が大きくなる。

「本当に？　葉月っ！　おめでとう！」

「自分の幸運が、もう信じられないわ！　花菜っ、わたし夢を見ているんじゃないわよね？」

背を向けている葉月の後ろから京平がやってきた。わたしは京平に笑う。

「夢じゃないよ」

「京平、じゃなくて高宮専務」

わたしから腕を離した葉月は急にお仕事モードの表情を作る。

「お前に高宮専務と言われたくないな。花菜も仕事中はそう呼ぶんだ」

わたしの話を出されて、慌てて首を左右に振る。

「だって、仕事は仕事だし……、それより京平、葉月がイメージモデルになるって教えてくれなかったからびっくりしたよ」

「驚かせたかったんだ」

「もう充分驚いたわ」

愛する妹はパルフェ・ミューズ・ジャパンのイメージモデルを目標に頑張ってきた。努力が実って嬉しい。

沙織さんは躁うつ病と診断され、入退院を繰り返したのち、今は福島の実家に戻り、モデル活動を休止していた。

「葉月、明後日十時に専務室へ来てくれ」

わたしたちのハネムーンは一月二十日から二週間、ヨーロッパを巡ることになっている。

「わかったわ！」

「葉月を幸せにできたみたいだ。花菜？　お前は幸せ？」

わたしの腰に腕を回した京平は、涼しげな眼差しで見つめてくる。

「すごく幸せよ。京平ありがとう」

「じゃあ、葉月。俺たちは引き上げるよ」

「はいはい。ふたりに当てられっぱなしで、ひとり身には毒だわ」

葉月は小さく手を振って、わたしたちを見送る。わたしは京平と歩きながら、たった今の葉月の言葉に足を止める。

ひとり身……？　前に会った桐谷さんが彼氏じゃないの？　きっと別れたんだね。話してくれればよかったのに……。

「どうした？」

足が止まったわたしに京平が尋ねる。

「あ、ううん。なんでもない。早く楽な服に着替えたい」

「それは誘っているのか？　手伝おうか？」

京平は口元をほころばせてから、耳元で囁いた。わたしは笑いながら大きく首を左右に振る。

「……ドレスに万が一のことがあったら困るから、京平の手伝いは遠慮しておく」

「残念だな。ドレスを脱がせてみたかったんだが。そのドレスの下が気になるな」

そう言って京平はわたしの頬に口づけを落とした。

「もうっ、バカなことばかり言っていないでっ」

京平に肘鉄をするフリをして、歩き始めた。二歩ほど進んだけれど、京平がついてこない。振り返ってみると、彼は笑ってわたしへと両手を差し出していた。

「京平っ、大好きっ！」

愛おしくてたまらない気持ちで笑顔になる。

わたしは最愛の人、京平の腕の中に飛び込んだ。

END

あとがき

こんにちは。若菜モモです。『婚約恋愛～次期社長の独占ジェラシー～』をお手に取っていただきまして、ありがとうございました。ご縁に感謝しております。

素敵なお正月をお過ごしになられましたか？　わたしのお正月は毎年変わらず、両実家で新年会をして、それ以外は執筆でしょうか。と言いますのも、このあとがきを書いているのは十一月の初旬。予定はまだ未定です（笑）。寒さに負けて出かけるのがだんだんと億劫になってきました。神社への初参りは混んでいる日をずらして行きたいと思っております。そういえば、御朱印巡りの神社用の御朱印帳も三冊目に入りました。お寺用はまだ一冊です。今年こそ、京都へ御朱印をたくさんいただきに旅行したいです。


さて、本のことを少し。今回は小学校五年生の頃から、隣の家に住む京平に片想いをしていた花菜のお話でした。

幼なじみものといえば、以前書籍になりました『その恋、取扱い注意！』がありますが、執筆中は、わたしにもイケメンで頭がよく、御曹司の幼なじみがいたらよかったのに……と毎回思ってしまいます。ふたりは幸せになりましたが、花菜の双子の妹、葉月がどんな恋愛をしていくのか妄想が膨らみます。

化粧品会社を舞台にした京平と花菜のお話、楽しんでいただけると幸いです。

最後に、この作品にご尽力いただいたスターツ出版の皆さま、編集ではお世話になっております三好さま、矢郷さま、いつもありがとうございます。おふたりにはいつも感謝しています。素敵なふたりを描いてくださいましたAsinoさま、ありがとうございました。また描いてくださり嬉しいです。デザインを担当してくださいました根本さま、この本に携わってくださいましたすべての皆さまに感謝申し上げます。

これからも『Berry's Cafe』、そして『ベリーズ文庫』の発展を祈りつつ、応援してくださる皆さまに感謝を込めて。

二〇一八年一月吉日　若菜（わかな）モモ

若菜モモ先生への
ファンレターのあて先

〒104-0031
東京都中央区京橋1-3-1
八重洲口大栄ビル7F
スターツ出版株式会社　書籍編集部　気付

若菜モモ先生

本書へのご意見をお聞かせください

お買い上げいただき、ありがとうございます。
今後の編集の参考にさせていただきますので、
アンケートにお答えいただければ幸いです。

下記URLまたはQRコードから
アンケートページへお入りください。
http://www.berrys-cafe.jp/static/etc/bb

婚約恋愛～次期社長の独占ジェラシー～

2018年1月10日　初版第1刷発行

著　者　若菜モモ
©Momo Wakana 2018

発行人　松島 滋

デザイン　カバー　根本直子（説話社）
フォーマット　hive & co.,ltd.

校　正　株式会社　文字工房燦光

編集協力　矢郷真裕子

編　集　三好技知（説話社）

発行所　スターツ出版株式会社
〒104-0031
東京都中央区京橋1-3-1　八重洲口大栄ビル7F
TEL　販売部　03-6202-0386（ご注文等に関するお問い合わせ）
URL　http://starts-pub.jp/

印刷所　大日本印刷株式会社

Printed in Japan

乱丁・落丁などの不良品はお取替えいたします。
上記販売部までお問い合わせください。
定価はカバーに記載されています。

ISBN 978-4-8137-0383-9　C0193

ベリーズ文庫 2018年2月発売予定

書店店頭にご希望の本がない場合は、
書店にてご注文いただけます。

『特別任務発令中！』

田崎くるみ・著

Now Printing

ドジOLの菜穂美は、イケメン冷徹副社長の秘書になぜか大抜擢される。ミスをやらかす度に、意外にも大ウケ&甘く優しい顔で迫ってくる彼に、ときめきまくりの日々。しかしある日、体調不良の副社長を家まで送り届けると、彼と付き合っていると言う女性が現れて…？

ISBN978-4-8137-0399-0／予価600円＋税

『悩殺ボイスの彼が、私の教育係です。』

藍里まめ・著

Now Printing

新人アナウンサーの小春は、ニュース番組のレギュラーに抜擢される。小春の教育係となったのは、御曹司で人気アナの風原。人前では爽やかな風原だけど、小春にだけ見せる素顔は超俺様。最初は戸惑うも、時折見せる優しさと悩殺ボイスに腰砕けにされてしまい!?

ISBN978-4-8137-0400-3／予価600円＋税

『つれない婚約者とひとつ屋根の下』

水守恵蓮・著

Now Printing

親の会社のために政略結婚することになった帆夏。相手は勤務先のイケメン御曹司・樹で、彼に片想いをしていた帆夏は幸せいっぱい。だけど、この結婚に乗り気じゃない彼は、なぜか婚約の条件として“お試し同居”を要求。イジワルな彼との甘い生活が始まって…!?

ISBN978-4-8137-0396-9／予価600円＋税

『イザベラが歌は誰がため』

森モト・著

Now Printing

天使の歌声を持つ小国の王女・イザベラは半ば人質として、強国の王子に嫁ぐことに。冷徹で無口な王子・フェルナードは、イザベラがなんと声をかけようが完全に無視。孤独な環境につぶれそうになっていると、あることをきっかけにふたりの距離が急接近し…!?

ISBN978-4-8137-0401-0／予価600＋税

『甘いものには御用心！～冷血Dr秘密の溺愛～』

未華空央・著

Now Printing

歯科衛生士の千紗は、冷徹イケメンの副院長・律己に突然「衛生士じゃない千紗を見たい」と告白され、同居が始まる。歯科医院を継ぐ律己に一途な愛を注がれ、公私ともに支えたいと思う千紗だったが、ある日ストーカーに襲われる。とっさに助けた律己はその後…!?

ISBN978-4-8137-0397-6／予価600円＋税

『偽恋人に捧ぐ最高指揮官の密やかな献身』

葉月りゅう・著

Now Printing

ルリーナ姫は顔も知らない隣国の王太子との政略結婚を控えていたが、悪党からルリーナを救い出し、一途な愛を囁いた最高指揮官・セイディーレを忘れられない。ある事件を機に二人は結ばれるが、国のために身を裂かれる思いで離れ離れになって一年。婚約者の王太子として目の前に現れたのは!?

ISBN978-4-8137-0402-7／予価600円＋税

『Sweet Distance-7700kmの片思い-』

宇佐木・著

Now Printing

OLの瑠依は落とし物を拾ってもらったことをきっかけに、容姿端麗な専務・浅見と知り合う。さらに同じ日の夕方、再び彼に遭遇！　出会ったばかりなのに「次に会ったら君を誘うと決めてた」とストレートにアプローチされて戸惑うけど、運命的なときめきを感じ…!?

ISBN978-4-8137-0398-3／予価600円＋税